俊定本
波留濃日　全

目　次

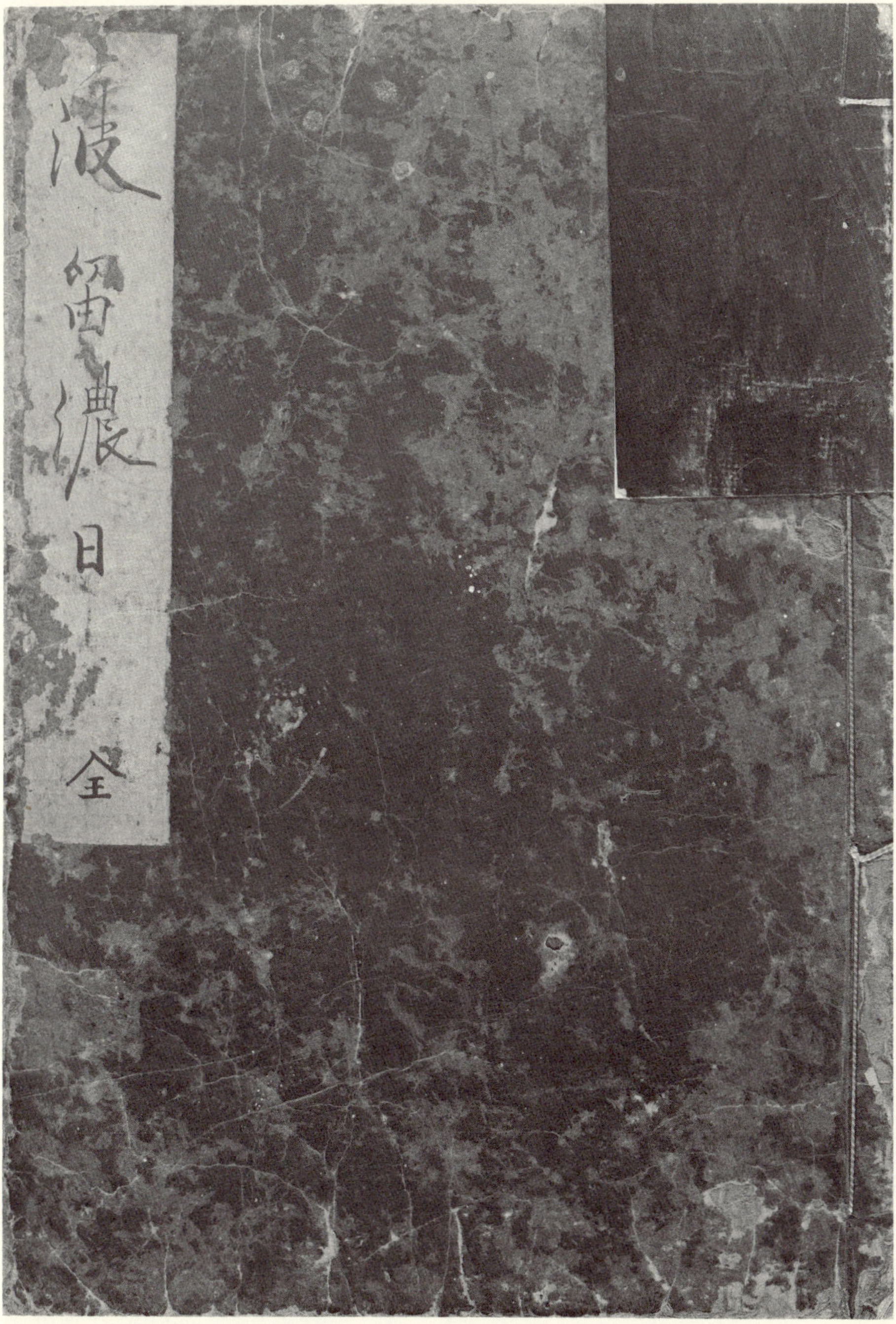
波留濃日　全

曙みんと人々の戸和きあひく
勢田ゆりくよゆきぬ渡し舟さハりし
くさゆゆくゆ并松のそともみへて田也
いとのどかなり重五つねむりをさそふ
竹墻かしらのさよさらふわかき
乃字しきを中西元出竹家

二月十八日

春めくや人さまゞの伊勢まいり　荷兮

桜ちる中馬ながく連　重五

山かすむ月一時に舘立て　雨桐

鎧ながらの火にあたる也　李風

しほ風よく〳〵浮ハ鷗なく　昌圭

くもるよの沖の岩黒く見えて　執筆

ウ

須广寺に汗の帷に脱かへむ　重五

をれくかゝる笛を戴く　荷兮

文王のはやしよりけふも土はらで　李風

雨のやどり角のなき草　雨桐

肌さむみ一度は骨をほどく世に　荷兮

傾城乳《チ》をかくす晨に　昌圭

貴なる上覚に人の紀移りて　雨桐

ワやくとのく神輿《ミコシ》かく里　重五

鳥居より半道奥の砂行く　昌圭

花は出雲《ヲトナ》の帋《タ》鳶《コ》あぐる比　李风

柳より陽がさらは鞠かるや　重五

入かゝる日より蝶いそぐなり　荷兮

二

川かはく麥あぐる家に連　李风

うかく懐り梓《アヅサ》まつのれ　御く　雨桐

黒髪をたばねならく切かし　荷兮

いともうしこき五位の針之　昌圭

杉の木に宮司が門はるかなく　雨桐

たゞつみ跡もあんとね河ぬぞ　重五

朝朗豆腐を鳩によびける　昌圭

念仏さへおもはで秋のわかれ也　李風

穂蓼生ふ蔵を住めに侘ぬして　重五

ゑ名を摺の名によぶか月　荷兮

傘《カサ》の内近付になる雨の昏に　李風

初雁かふく　出家かゞく　雨桐

ウ

かゞみ人あり女ハ六十よ越し　荷兮

絹ひと疋を二人してつき　昌圭

在よあくね肩瀬よ年よりて　雨桐

記念よもらふ順礼の菅細　重五

いくさと花と行にいそがしく　昌圭

才も兄ミ多としよりゆく　李風

三月六日野水亭にて

なら坂や畑うつ山の八重さくら　旦藁

おもしろふかすむかたぐの鐘　野水

春の旅節供なるらん袴着て　荷兮

口すゝぐべき清みながるゝ　越人

松風にたをれぬ程の窓破　羽笠

賣のこしたる虫をあれ月　執筆

ウ

笠白き太秦《ウヅマサ》祭過にけり　野水

菊あかき垣にはし子をよせてをく　且藁

表町由ばなく二人髪《カミ》剃《ソラ》ん　越人

曉いうり車ゆくらじ　荷兮

鱈負ふて大津の濱に入にけり　且藁

何せうやらん異国の声　越人

狼夜あら海だくまを蚊屋つりて　羽笠

萩のまたをし万日のこゝろ　野水

罟人に蓴を施して婦の面　越人
月かすむ浪に重石《ヲモシ》をく橋　羽笠
二
出るをさか木の根に乳の鮎　野水
汎居をなか春湯の山　旦藁
のりもしや娥紫の袂伊勢風夢　越人
姻侍のえしゐ代の眉の圖　荷兮
物おもふ軍の中ハ斤つきよ　羽笠
名もかち栗とぢくや上手　野水

大年は念仏となふる恵美酒棚　且藁

よめらゞも無我とよばれ隠や　越人

約くめなふ乃こめる枸杞ら人　荷兮

こもちよ廿日はやさに参れ粉ろ　羽笠

一束くれ宿は馬に寺なれや　野水

こと魂まつるこゝろきの月　且藁

陽《カケ》炎《ロウ》のきしのとかするま婦へて　越人

春雨袖のりれ哥いそく　荷兮

ウ

田をかくむしが星よせけり　羽笠

力の毎をはだし中の子　野水

漣《サヾナミ》や三井のまるれ絵よりは　且藁

高びくのみず雪の山つく　越人

見つまきらり廿九日の月さむき　荷兮

こゑのはにしめり氷にてとけ　羽笠

三月廿六日　且藁が田家にて

[illegible]　明水

蛙のミきこゆ伸しき藤花あれ

額におちしかたる雨のしたゝり　且藁

巌意に山岩末乃奥ふ宿りとく　越人

まじくく人をこしかし馬の子　荷兮

さゝのふか渡しの舟の月釈り　冬文

芦のほの穂を摺る傘の端　執筆

ウ

礒ぎハに施餓鬼の僧の集りて　旦藁

岩のあひより藏みゆる里　野水

雨の日も瓶燒やらん煙たつ　荷兮

ひだるきことも旅の一興よ　越人

尋よる坊主ハ住まじ寂かで　野水

解てやきらん枝むすぶ松　冬文

今宵ハ更るとてやミぬ

同十九日　荷兮室にて

咲まぜの菊にハおしき白露ぞ　越人

秋の和名にかゝる順　旦藁

初厂ハ漁邑をこづる火を丁ね　冬文

別の月になみだあらそを　荷兮

恨む花四の宮よりハ唐輪にて　旦藁

まゆく道の果もむなりし　野水

二

永き日やく釣をわするゝ島ん　荷兮

簀の子茸生る五月雨の中　越人

紹鴎ヵ瓢《フクベ》はありて米ハなく　野水

連哥のもとにあたるいそがし　冬文

瀧壺に柴押まげて音を聞　越人

岩苔とりの籠にさげつゝも　旦藁

むさかりし帛《キヌ》着てありく世の中は　冬文

莚二枚もひろき我菴　越人

朝毎の露あはれさに麦作ル　旦藁

碁うちを送るきぬぐの月　野水

月のなき娘の白舟に網入よ　芦丁
鳥羽の湊のおどり笑ひ　冬文
ウ
あきしみざうね籠に見えくる夜　野水
ゆく一約章の君も知　芦丁
ふまの名水汲に昼起て　越人
餅を喰ばくいそふ君か代　且藁
山に花所のぬし遊捨日よ　冬文
ゑしゅし没てしず雲雀鳴也　荷兮

追加

三月十九日舟泉亭

山吹のあづなよ姐のもでしきは　越人

蝶のぬとりかゑ岩くし　舟泉

きさらぎや餅酒をくき雪ありて　聴雪

行幸のくるゝ浅よ土器　螽髭

朔日を鷹と川鍛冶のいらめく　荷兮

月なきそらの門はやくあき　執筆

春

昌陸の松とハ尽ぬ御代の春　利重

元日の木の間の競馬足ゆるし　重五

初春の遠里牛のなき日かな　昌圭

こゝろなき海をながむる霞かな　而桐

門は松芍薬園の雪さむし　舟泉

鯉の音水ほの闇く梅白し　羽笠

舟〳〵の小松に雪の残りけり　旦藁

曙の人顔牡丹霞にひらきけり　杜国

纜てゝ涙元日里の聴りうれ　犀夕

星さらくかきまぬえんの空の色　香霞

りよそても小松原の人牛の夢　聴雪

朝日二分柳の動く句ひうれ　荷兮

えんくのゝのまひくき霧くもる　同

芹摘とてこけて泥なるき飄かな　旦藁

のりまてく人の行へ行して

みゝもとを白髪いやし冬さまゝ　越人

古池や蛙飛こむ水のをと　芭蕉

傘張の睡り胡蝶のやどりかな　重五

山や花墻根墻根の酒ばやし　亀洞

花にうつもれて夢より直に死んかな　越人

春野吟

足跡に桜を曲る菴二つ　杜国

林際寺かくれぬものはさくらかな　李風

榎まで桜の遅きながめかな　荷兮

餞別

藤の花たゞうちたれて別かな　越人

山畑の茶つみぞかざす夕日かな　重五

蚊ひとつに寐られぬ夜半ぞ春のくれ　同

夏

かくしきれその山鳥は尾ハ長し　九白

郭公さゆのゝ焼くぬる庵哉　李下

かつこ鳥板屋の背戸の一里塚　越人

うれしさは葉かくれ梅の雨哉　杜國

若竹のうらふみたるむ雀哉　亀洞

傘をさしまで螢しぬ夜か　舟泉

武蔵坊をとふらふ[illegible]

たゞかきやうしゆく雲の衣川　高露

年後乃衆を絶しゆかれよゆく

馬人多かくれゝらくら夜の月　聴雪

老聃曰知足之足常足

夕くれ乃雑水あつき菜屋哉　越人

篇末の微雨こぼれて鳴蚊哉　柳雨

はしまるなつかしき中の暦かな　虚文

萱草ハ過ゆく見きし花の色　荷兮

蓮池のよそにつまく浮葉かん　仝

暁の夜信暮ゆく遅きかな　昌圭

夏川の音に宿かる木曽路哉　重五

譬喩品三界無安猶如火宅
といふ事を

六月の汗ぬぐひ居る臺かな　越人

秋

背戸の畑なすび黄ばみてきりぎりす　且藁

貧家の事

玉まつり柱にむかふ夕かな　越人

しきてまくて一庵入る夜なれ　雨桐

きわく人をやとむる月見ん　芭蕉

山寺に米つくほどの月夜哉　越人

瓦ふく家も面白や秋の月　野水

八嶋をかける屏風の絵をみて

具足着て顔のみ多し月見舟　仝

待恋

こぬ殿を唐黍高し見おろさん　荷兮

閑居増戀

秋ひとり琴柱はづれて寐ぬ夜かな　荷兮

釣ねあるさもさし一つあんなかりけり　舟泉

冬

馬はぬれ牛は夕日の村しぐれ　杜国

芭蕉翁を宿し侍りて

霜さむき旅寝に蚊屋をきせ申　大垣住　如行

雪のくれ葬のまね荷なん　昌碧

馬をさへながむる雪のあした哉　芭蕉

行燈の煤けぞ寒き雪のくれ　越人

芭蕉翁をおくりてかへる時

この比の氷ふみわる名残かな　杜国

隠士にかりなる室をまうけて

わすれしき菜飯ひとつ冬の竈　荷兮

貞享三丙寅年仲秋下浣　寺田重徳板

『春の日』初版本考

寺田版―原刻と覆刻

『春の日』に寺田重徳版のあることをはじめて公に報告したのは、故杉浦正一郎博士であつた(昭一二・七、『懸葵』、「春の日初刷本は寺田重徳版か」)。それまでのテキストとしては、西村市郎右衛門版と、本屋名を記さない異版本の二種が知られているばかりだつたのが、この紹介により、新しくここに第三の『春の日』が登場してきたことになる。新出の寺田版は西村版に全く同版で、ただ刷次を前後にするだけだ、と杉浦論文では解説する。西村版は寺田版の後印本で、後刷りに際して刊記を改刻、即ち刊年のあり所を移動し、本屋名の寺田を削つて西村と入木し、新版を装つたに過ぎず、従つて『春の日』の初刷本は寺田版か、というのがその趣旨の大要であつた。

杉浦説のより所となつた寺田版『春の日』は、いま本館綿屋文庫にある。半紙本一冊、縦二十二・六糎、横十五・八糎、柱刻は下方に丁付け「一―(十六)」(各数字の下に横線「―」を引く)。縹色の原表紙で、太めの金茶色絹糸を一本がけにした綴糸ももとのままで、保存の程度はかなり良好だが、後表紙は完全ながら、しかし前表紙は縹色薄様の表皮を全く失つてしまつて薄墨の厚板紙がむき出しになつており、当然具えていたであろう題簽の影も形もなく、左肩か中央かあり所の跡さえわかるものでない。本文の料紙は簾糸綴目がほぼ五・一糎幅で、簾目の跡も相当よく漉き出されている、腰のやや弱目な紙質で、表紙の見返し紙も本文に共紙。丁を単位に墨色を違えており、版木は各二頁一丁仕立ての一枚もので、天地十八糎。

綿屋文庫には、この欠題簽縹色表紙本の外に、なお一つの寺田版『春の日』がある。京都小山源治旧蔵天香園文庫中の一本で、表紙に貼つた書票に、同人筆「明卅七・八・〇七」の書入れがあり、明治この年この時に入手架蔵したとみえる。水色の薄様典具帖紙を表皮とした原表紙の、綴糸は同色中細の絹一本がけ、題簽は中央、縦十五糎、横三・六糎、字高十一・九糎、正楷「波留濃日　全」は本文版下に一筆で、四周に単辺の匡郭かともみられる刻線を切れぎれに残すが、これは題簽紙裁断のときの見当であって、元来裁ちすてられるはずなのを細工の不手際からたまたま遺存したまでで、勿論「無辺」とすべきものである。以上殆んど原姿原装の、保存状態まことに完好の美本といってよかろう。天香園には古筆の極札を添えたような業々しいものは何一つないが、近世文学一般に重点をおいて、秋成資料や西鶴本をはじめ古俳書の類にも乏しからず、さりげない端本にさえ一応の注意が行渡っていて、少しひねって玄人好みの文庫であった。ところどころに小さく施した裏打の仕事ぶりも非常に丁寧で、大切に扱われてはきたのだろうが、しかし、当時でも恐らく天下の孤本を誇ってよい寺田版『春の日』も、さすが有能なこの目利きにえさほどの刺戟を与えることなく、特にとりたてての感興もよび起さなかったらしいのはどうしたというのだろう。書誌的関心など、ことに俳諧の世界ではそんなに古い歴史をもつものではないのだし、小山氏の見のがしも、それはそれとして無理もない。要するに七部集のうちの一つを得たというだけで、こんな本にも何かと厄介なことがあるものだとの問題意識さえない時代だったのだから、ましてそれが何版であろうと一向かまうことはなかったわけである。それから杉浦氏の発言まで、寺田版の開発には四半世紀以上を待たねばならなかった。

伊藤松宇校訂による『芭蕉七部集』が岩波文庫に収められたのは昭和二年、その『春の日』の底本は樋口功蔵無書肆名本であった。家蔵の西村版を避けてことさらに樋口本を採用したのは、これを初版と認定したから、という。が、認定の論理は大方に支離滅裂していた。そして、同文庫は昭和四十一年に中村俊定さんの校注をもって改訂新版を出したが、所収の『春の日』は校注者蔵を底本としており、それが寺田版であった。中村本『春の日』、寸法・表紙の色・綴糸、紙質等はすべて前述綿屋文庫蔵縹色表紙本に同一である。勿論前表紙も完全で、題簽左肩無辺、縦十三・七糎、横二・七糎、本文に同じ版下で、字高は十二・二糎、「波留濃日　全」、紙肌は古色を帯びて一見淡茶の焼けた色合を見せているが、元来は白かったのだろう。表紙や用紙・綴糸など一切の造本材料が同じであるのは、綿屋本も中村本も同じ時に刷られ、同じ時に製作されたものと考えてよい。杉浦論文より三十年余を経て、ようやく初版によるテキストが成立したことになる。俳諧の学はこうした方面にかかわることを何故か否みつづけてきたようだが、それを正統の埒外にあるとみての潔癖からなのだろうか。逆に、私説「春の日初版本考」は専ら書誌三昧に淫するばかりで、これが斯学に又は文学に肉薄し得るか無縁のものなのか、わたしにとって本来配慮の外にある。

上述所見寺田版『春の日』縹色表紙本・水色表紙本両者が互に表紙の様子を異にし、綴糸の姿や題簽のあり場所を別にするといったまちまちの形態から、それ等は時をへだてて仕立てられた、とまず考えてみなければなるまい。製本における異時先後を、刷次或いは版種の問題におきかえて受けとめるいき方、これも本扱い常法の一つである。刷次とは、同版を前提として、初刷りか早印か又は後刷り、などのことであり、版種に関しては覆刻と改刻、版下の様式や更に異刻別版の事柄にまで必然的に論は展開していくであろう。それに補版や入木などの介入することもあつて、現象を一層複雑にする。寺田版如上にみられる外装上の異相を書誌的には何と解釈しょうか。

中村・綿屋文庫の両縹色表紙本は全く同版で、刷の前後を弁じ得ぬほどに版相も一致する。そしてまた縹色表紙本と水色表紙本とは版式相同じくてあたかも同版の如き態を呈しつつも、仔細には全丁全頁にわたりすべて異版で、互に原・覆版の間柄にある。いずれが原で、いずれが覆か、覆刻技術が優秀のために、個別に一見するだけでは識別もなかなか難しい。綿屋の縹色表紙本の墨付きは幾分か淡めに、中村本は適度で紙にしつくり馴染み、ともに初印早刷たるにふさわしい。だからといつて、水色表紙本の漆黒の濃さは元禄俳書によくある上質厚手の紙に十分のり、後印本にありがちな濃さのもつ濁りやいやらしさをさらけ出しているわけでない。前者刻字の線様は後者に比し厚薄の変化少なくやや肉太の一本調子で、しかしごまかしはなく質実正確であるが、後者のは、感情の起伏のままに細く又太く、曲又直、跳ねたり押さえたり、放奔に暢達し、神経質な筆感を執拗に追つて繊細に刻出する。線質の重厚と華麗と、紙質の腰の弱さ・強さなどの故に、ともすれば水色表紙本を原とみる誘惑にさそわれもするが、しかし中村・綿屋両縹色表紙本を覆とする確かな証拠のあるわけでなく、両種本をならべ、いくら目を見開き、仇の如く讐の如くにらみあわせ較べあわせたところで、先後は容易に落着しようともせぬ。葦のように揺れて定まらぬ心印だけを頼りに原覆を言いあてるなど、名人芸めいて説得力に乏しく、いや味で、凡下のとるべき筋でなく、そうした場合、版面の字高差が的中のきめ手になることの多いのを、経験としてわたしは知つている。これにより、直観ははじめて計数におきかえられ、無形の心象は可視の座標に乗つて、もはや気儘に浮動することはない。

例えば、『春の日』第二丁表「春めくや」の巻脇句「桜ちる中馬ながく連　重五」の字高は、縹色表紙本が十四糎、水色表紙本で十三・七糎、この間〇・三糎の違差がみられる。概数としてならば、通常〇・三―〇・五糎あたりが半紙本にみられる原覆字高差の平均値で、この一般的傾向に準拠すると、前者が原刻、後者は覆刻版なので、さきに感覚としてとらえた版相上の諸徴、必ずしもこれに反証しない。そして、縮小率が覆刻半紙本での一平均値圏内にある以上、右両版の間に複数度に及ぶ覆版の更に介在することは許されず、寺田版『春の日』の水色表紙本は同縹色表紙本系の版を直接にかぶせて彫つた、とつてよかろう。この作業は本文ばかりでなく、当然題簽にも及んだであろうから、いまは失われて見る術もない綿屋縹色表紙本のそれは、水色表紙本より復元してやはり無辺の「波留濃日」、そして左肩にあつたに相違ない。現に中村本もその通りで、当題簽が後人のさかしらによる他本よりの流用でなく原のままであることは、「波留濃日」を題簽とする他のいかなる別版のものとも相異し、且つ水色紙本のに対する字高差はプラス〇・三糎で、原版として独自の寸法をもつことによつてもそれは信じられてよい。

中村・綿屋縹色表紙本寺田版『春の日』第十三丁裏四行目、

山畑の茶つミそかさす夕日かな　重五

が、同水色表紙本では

山畑の茶つミをかさす夕日かな　重五

と、そ・をを各一字の異同をみせているが、相互に原覆の関係にある以上、版としては「茶つミそ」が原形で、「茶つミを」は後の変改であらねばならぬ。重五のこの作品は他に徴すべき所見なく、本集このところにみえるのが唯一の出典らしく、従来すべて「を」形をもつて通行してきたので、これまでに「そ」形の存在に注意したものとしては、わたしの知るところ、綿屋文庫蔵春秋堂版『春の日』に校合書入れの形でみえる一本と、四十一年度版岩波文庫本『芭蕉七部集』に施された脚注校勘記、この二つばかりであつた。だんだん後にも触れるであろうが、縹色表紙本の版は早く跡を断ち、『春の日』一切の諸本は覆刻版水色表紙本系により流布してきたから、というだけがこの句を「を」形にしてしまつたことの理由で、吟味の結果それと決定したものでもないらしい。

錯誤に無作為はあつても、訂誤は無意識に行為し得ぬとすれば、「そ」から「を」への入替えが誰の意志にもつながることなしに実施されたものであるはずはない。「そ」と「を」と、どちらが作者の意図を真当に伝えているのか。句意も強いて解釈すれば両様のままの形において可能で、この方面からはいずれとも正否の排反しあうことはない。試みの盲評が許されるならば、「を」形がそのままにほぼ安定感をもつてよく収まり、動かないのに比して、「そ」形は句切れの理論や、引いてはリズム感でも何か及び腰で、落ちつかない、か。生硬にして生鍜えなるが故に「そ」形は初案で、はじめこの姿で縹色表紙本に発表されたのが、やがて「を」形に修正、水色表紙本でそのように改めた、とみる。或いは、最初から「を」形だつたのに、何かの手違いで「そ」に誤られた、と推測することも又可能である。とすれば、一つは推敲改作という作者自身の、一つは誤刻訂正といつた主として印刷上の問題にも帰するであろう。いずれにしても、この変改には明らかに誰かの意志が働いていることに間違いはない。これにかかわりありと推せられるものに、作者・撰者・版下筆者・刻工などが指折られようか。

縹色・水色表紙両本各々に彫られてある「そ」と「を」の二つの

文字の姿はひどく形似して、相通誤認の危険をいっぱいにはらみ、何かの手誤りが起るのもごく自然であるように思えてならず、「そ」から「を」への問題に対する理解の正当さを、推敲改作より誤字訂正の立場により多くとる、のもあながち強弁ではあるまい。作者重五から呈出された句稿の書体が水色表紙本に刻まれたような「を」文字だったので、撰者荷兮は「そ」と誤読し、そのように原稿を整理したとすれば、責任は勿論荷兮にある。次に、荷兮から京都の寺田に届けた原稿には正しく「を」とあったのを、版下清書の段階で「そ」と誤写してしまった、とみれば責任は版下の筆者に移り、更に何分かは刻工の誤刀といったことにも考え及ばねばなるまい。以上誤読・誤写或いは誤刻説への推理を成りたたせ、合理的であらしめる根拠といえば、両字形容の相似というところばかりで、われながら不安の情に堪えぬ。が、もう一度くり返すと、この二つの文字は、一寸のきつかけさえあればごく素直に読違えてしまうに何の抵抗も感じさせないほど、瓜二つではないか。「そ」と「を」のそうした危険な関係に較べると、推敲改作説はあまりにもつて廻つて出来過ぎ、明白な物証のない限り、かえつて如何か。仮説「何かの誤り」にとるべきより自然さはある、と思う。話はそこで『冬の日』の「はげ」と「はぜ」の例にも通ずるのだが、あの場合、「はげ」・「はぜ」形両本の間に初刷・後印の別はあつてもともに同版で、ただ「げ」の一字を「ぜ」に入木改刻しただけのことだつたが、寺田版『春の日』は、「そ」形縹色表紙の綿屋本又は中村本と「を」形水色表紙本と、原覆別版の関係にあるが故に、事情はこの側においてそれだけ一層錯綜する。

説明はいずれ改めてするつもりだが、版元与平治（又は与平次）寺田重徳の生歿年のことなどに勘案して、『春の日』の原型は寺田版であつて、うちの縹色表紙本系をその初刻・初印本と考えている。そして、一字の改訂を交えた水色表紙本はその覆刻版であるが故に、いうまでもなく版としては後次に属する。「そ」から「を」への改刻につき、水色表紙本のよつた底本には既にそのように修正されてあつたのをそのままにかぶせたのか、底本はなお「そ」であつたのを新版に際して「を」と訂正したのか。前者にとれば、縹色表紙本と同版であつて且つ「を」と入木した未見のいま一本の存在を想定すべきであろうし、後者の場合、とりもなおさずそれは現水色表紙本の版そのものであらねばならぬ。更に又、現縹色表紙本をありのままにかぶせれば覆刻本も「そ」形で、この「そ」形覆刻版に対して「を」の一字を入木することも考え方としてはあり得るのだから、水色表紙本に同版で且つこれに先行する「そ」形本の存在が要請せられることにもなるであろう。然るに、字高縮小の数値度から、縹色表紙本系と水色表紙本系原覆両版の間に、更に覆刻版としての他版の介在が許されず、水色表紙本は直接に縹色表紙本系を覆刻した版そのものであらねばならぬことは既に記した。次に、現水色表紙本における「を」文字は入木でないと審定するが故に、縹色表紙本系の覆刻版としては水色表紙本系以外に別版は存在しない。つまり、管見のかぎり寺田版『春の日』の基本的な版種としては、原刻本とそれをかぶせた覆刻本の二つしか所在しないことをここに結論するのだが、「そ」と「を」の入木問題に関連し、原刻本には「そ」形初印本の外に「を」形入木後印本も理論上あり得ぬわけではない。そして、「そ」形現存縹色本系寺田版以前に更にいま一つの原版が加上することの可能性はない。また異種版の存在も推定し得られぬ。

もとの刷り本の各一丁を版木に貼りつけてそのままに彫りあげる原本版下の方法が、覆刻技術の上でも経済的にも、思付かれる最も常識の線で、そうと決めこんで、従来疑うこともしなかつたのではあるまいか。原本版下の場合、その版下には全面的な修正などまず加えないものだから、ほぼ全面的な規模においてみられる原覆版相上異同の原因は、主として刻工の刀法にある。彫版の段階にあつて、刻工が自らの意志で版下の刻字刻線の基本までも変改することは原則としてないはずなのに、ことの原因を単に刻工にのみ帰するには、原覆両版間にみられる食違いが何時のときでもあまりに複雑多岐であり過ぎる。両版異相発生の契機を、彫刻の段階より一工程前の版下作製の時点にまで溯らせることによりはじめて解釈し得る事例に乏しくない以上、覆刻版の版下は所拠底本自体の転用ではなく、その透写しをもつてこれにあてた、と認めなければならぬ。原版本の謄写には、無意識の又は意識的な筆遣いによる多少の誤差は当然のつきもので、その責任の殆んどは版下筆者にあり、彫版においてはなお更に若干を刻工も分担しなければなるまい。現に寺田覆刻本の版下はどの様式によつたものであるのか。

鳴海の下郷伝芳、亡父学海の遺志を継いで延宝九年の寺田版信徳撰『誹諧七百五十韵』同じく桃青の『俳諧次韻』一組をあわせ翻刻し、表紙から綴糸・製本の具合まですべて原版の躰に倣い、「知足斎蔵版」として寛政三年に上梓しているが、手法は覆刻である。知足斎本『俳諧次韻』寛政二年季冬六林跋にいう、「(前略)本州鳴海潟のほとり、下郷氏なる知足斎学海生ハ、其祖を知足といひて、芭蕉翁行脚の杖をより〳〵爰に駐られて、莫逆の交なりしとぞ。翁の笈および書画のたぐひ、あまた今もこの家に秘蔵し、伝ふ。そのちなみによりて、知足斎主人、この書をふたゝび世に行ハむ事を欲し、ことし春のころより頻に重刊せむとおもひたちて、やゝ清書校合に及べり(下略)」と。「重刊」とは複刻の意、六林の文章のままに理解すれば、この覆刻本に版下の筆を執つたのは学海自身だつたことになる。知足斎本『俳諧次韻』奥が「延宝九歳次辛酉夷則下旬」とのみで、原本刊記にはなおあつた「寺田重徳(梓行)」の一行を省いてしまつているのは、そうした書肆名のない別一本があつて、それを底本にしたとるべきでなく、寛政三年本は寺田版そのものでなく、知足斎蔵版本であることを主張するがためのことさらの工作だつたのであろうか。同跋学海伝に、寛政元年冬、代を後嗣に譲り、名を楽山と改め、以降飛遯幽栖を専にした、とみえる。即ち、隠居の閑事にこの一聯の著名な俳諧古典の書延宝版『誹諧七百五十韵』・同『俳諧次韻』を刊行、且つは家の遠祖を偲び、且つは俳諧の祖翁を懐しむよすがに発願したものであるらしく、底本は二つながら知足斎吉親手沢伝来のまことに由緒ある書物だつたのである。

版下用の薄様紙を徹してところどころ墨の滲み跡をとどめているであろう下郷旧本をさえ一見すればただそれだけで、寛政版の版下が原版本をつぶして利用したのでなく、この書を下に敷いて透写しにかけて新調したものであることの見極わめなど何の雑作もないのだが、下郷文庫の旧本は果してどうなつているのか、存否さえ知らぬ。第八高等学校寄贈本『下郷文庫目録』にも多少誤つた形ではあるが著録、その他岩波の『国書総目録』も旧下郷本としてともども登録しており、後来までこの書の伝存すること自体が、一枚ごとに解きほぐされ、版下に貼りつけられて一字一字と彫り刻まれ消滅してしまつたのでないことの最も確かな生き証拠ではないか。伝襲の本を版下につぶすなど勿体ないことは沙汰の限りで、書物は大切にした時代である。

延宝刊本『俳諧次韻』の版下は、寺田の本屋付け一行を除き、その他は刊年までも含めすべて其角の筆で、例えば作者桃青の「青」、同じく揚水の「水」など、彼一流の癖があまり露骨に出過ぎて頗る異常な筆法なのを、寛政版では概ね正常の躰に改めてあるが、この種の改変は刻工の私意というわけにはいかず、版下筆者の意図によつたものであるのはいうまでもない。そして更にそれは版下筆者独自の判断よりも、専ら編者の見識に属する事柄で、いまは編者学海が同時に版下筆者を兼ねただけのことで、そうした作業を、六林は「清書」とか「校正」などといつたのだろうが、如上の修正は原版本にではなく、謄写新製の際に行なつたものである。寛政版には、このように意識しての改訂の外に、原本漢字のルビを見落し、懐紙うつりの記号を写し忘れるなど、杜撰の個所も少なからず目につくが、刻工の粗漏からというより、版下の手ぬかりとみるべき性格のものもかなり多い。残生風雅の浄業も、清書や校正、つまり版下作りなど根をつめる仕事は、日頃多病の学海にやはり過重だつたのだろうか。わたしの知る限りの彼は温良倹まことに好学典雅の君子であつたが、知命の齢を待ちあえず、こと半ばにして同年秋、寂。

俳諧の歳旦帖はそれぞれ各家作者連の自筆をもつて版行されるのがしきたりである。俳諧三物所井筒屋の貞享三年『歳旦集』末に、

元旦　　　　洛下三物書写手 浪人
物こそは我ハ去年の朝夷

の書写手とは版下筆工のことで、自分勝手の流儀ではなく、版元に寄せられた宗匠点者達原稿通りの姿に謄写浄書して版下を調えるのを主たる職掌とする、いわば職業的筆耕者であつた。それが注文主の自筆にどれほど正確であるかは、彼の技倆が左右する。ともかく、新版にしても覆刻版にしても、版下には作者の原稿そのものや原版の刷り本をぢかに使用するのでなく、透写しの謄写をもつてこれにあてることのあつたのは事実で、むしろこれがずつと古くからの一般普通の方式でなかつたかと考えている。

覆刻のための底本を写そうと試みるとき、必ずしも原のままでな

く、意識的に用字や書法、筆画などを改変することの少なくない例は先に記した。筆画の多い漢字を略体に、複雑な筆遣いの仮名は簡体に、要するに繁から簡へ、というのが一貫して窺われる態度である。この種の簡化工作を刻工の骨惜しみ行為とのみ解しては理の通らぬことがあまりにも多い。とすれば、版下筆耕の段階においてそれは発生するか。しかし、筆を執つて紙に写すだけのことであれば、繁簡果して筆労にどれほど違いのあるものだろうか。版下における原本に対するある種の変改は従つて版下筆者自身ではなくて、他の者の意志によつたとみなければなるまい。それは誰か。要は繁を簡に、難を易に、更には彫り手間を省き、工費を節するにもある。そうした才覚によつて生ずる極小の利得にさえ無関心であり得ぬ者、それは版元に外ならず、当時出版業者のこれも実態の一つだつたのであろうか。寺田覆刻版が同原刻本に対し呈示する異相について、その微妙の小異のうちにもいろいろの性格があつて、刻工がそのときどきのはずみやふとした調子によるのも稀でない。が、彼の刀さばきというだけではどう説明しようもないものも同時に少ないわけでなく、異相発生の根源を版下作製の過程にまでくりあげて考えようとするのである。即ち、寺田覆刻本は同原刻版本の原葉そのものを版下にしてかぶせたのではなく、新規に筆を執つて調製した、ということになるであろうが、その版下筆者は誰か。

『春の日』寺田版縹色表紙本の版下筆者は、杉浦論文のためらいがちではあつたがその推定する如く、確かに当の版元寺田重徳その人であつた。重徳には俳諧の作品も諸集に散見し、この道での作者としての面を左程無視はできないにしても、本質はむしろ出版業者としての彼にあるが、それも俳書だけが専門というのではなく、観世の大部な謡本も出した本屋である。元禄四年刊『誹諧京羽二重』の「誹諧点者并誹諧師」の条に、「妹がりや蟇の鱠のいさぎよき　重徳」の発句をあげ、あわせて「寺田重徳寺町二条上ル町」とその住所を紹介する。翌五年の『貞徳永代記』は前刊京羽二重の難書だが、筆誅は重徳ごときはしばしにまで及び、彼の名と前掲発句を指して、「此誹士は貞徳翁の愛弟馬淵宗畔の弟子なれば、もと正誹にて、虫もふみころさぬ人なるが、今程は若点者と席座せらるゝ故、そびやかされて、此度珍物の蟇の鱠を作られしと見へたり（下略）」など、嘲哢の辞をなげかけるが、なるほど元禄もこの頃になつて、いまさら蟇鱠躰の句作りなど、まことに年甲斐もない勇み足と、永代記の言い条に至極同感される。もともとこの道には正俳ではあつたが、いわゆる歴とした点者業俳者流でもなかつたようで、やや後の『花見車』にも京都白人の部に「重徳おとくゐのころの乳のむ春の日かげ哉」として、編著に『花見弁慶』や『便船集』・『類船集』などをあげる。白人とは同書巻首「もくろく」の解説に「点者の外」、いうところはやはり京羽二重・永代記の趣旨に近い。『花見車』は元禄十五年の刊行だが、書中例えば元禄六年歿の西鶴などもとりあげており、本集に所出のすべてが当時生存していたとは限らぬ。杉浦論文に引く重徳追善という元禄九年の『ねざめの友』は伊賀上野芭蕉記念館蔵の改修本を過眼したのみ、奉書様の料紙に、版下は北向雲竹で、毎半葉一人一讃、その各々に長谷川等碩の絵を添えた、頗る凝つて贅沢な作りだつたが、歌人源慶安の門弟としての彼に同門歌人の和歌があるばかりで、讃句に俳諧なく、讃者に俳家なく、あれこれ一向に俳諧の追善集らしくない趣向の本であつた。世間でも重徳を俳諧者とのみ扱わず、本集の編者嗣子友英もこの社会には無縁だつたからで、寺田の家風が一般俳諧者流的であるよりは多少趣を異にしていたらしいことも、讃する人々の顔ぶれから大方の想像はつく。がしかし、肝腎の重徳伝に参照すべきほどの具体的記事は見あたらず、要するに彼のため元禄九年にこの集が編まれた、という事実を確かめ得たに過ぎない。

風扉を吹て熟柚に僧の書を眠る　重　徳

これは伊丹の柿衛文庫主の特によろしきを選んで眼福を許された、正筆紛れもない結構な出来の重徳短冊である。裏書に、「寺田与平二信徳三ツ物ノ中」云々、更に別筆で、「寺田氏元録五年印本桂すがた三ノ巻ニ老衰驚初秋ト前書シテわすれても今朝の一葉に鬢かゆし」と。

右に所引は『誹家大系図』に全く同文あり、『桂姿』は阿誰軒目録に「元禄五年卯月中旬」と。『元禄名家句集』（昭和二九年荻野清編）信徳篇に『桂姿』秋の部一冊のみを引くが、斯界において最も博覧精緻だつた編者にしてなおかくの如くであつたとすれば、まことに稀覯の書なのであろう、注意はしているが触目のよろこびに未だ恵まれない。受業の門弟子石川真弘さんの好意により荻野ノートこの条の内見を許されたが、『桂姿』についてさすが当句の抄出をぬかつてはおらず、「一葉」を題として上引短冊裏書の詞書と発句とを抜き、ただ「かゆし」を「痒《カユ》し」とするのは、勿論これの姿に従う。作句は多分刊記の前年元禄四年の初秋か、時に一葉の秋に自らの老衰を驚くほどの身の上であつたとはほぼ信じられてよかろうし、健康思わしからず、いつかほどもなく終り、元禄九年『ねざめの友』の偲ばれ人とはなつたのであろう、管見として、元禄五年をきりとし、以降に寺田の版あるを知らない。思うに、その前後より次第に業を廃し、又彼の歿後は跡を続けることもなく、『ねざめの友』には「元禄第九丙子正月吉辰　京二条書堂　寺田友英」など名乗るものの、家の業も大勢は重徳一

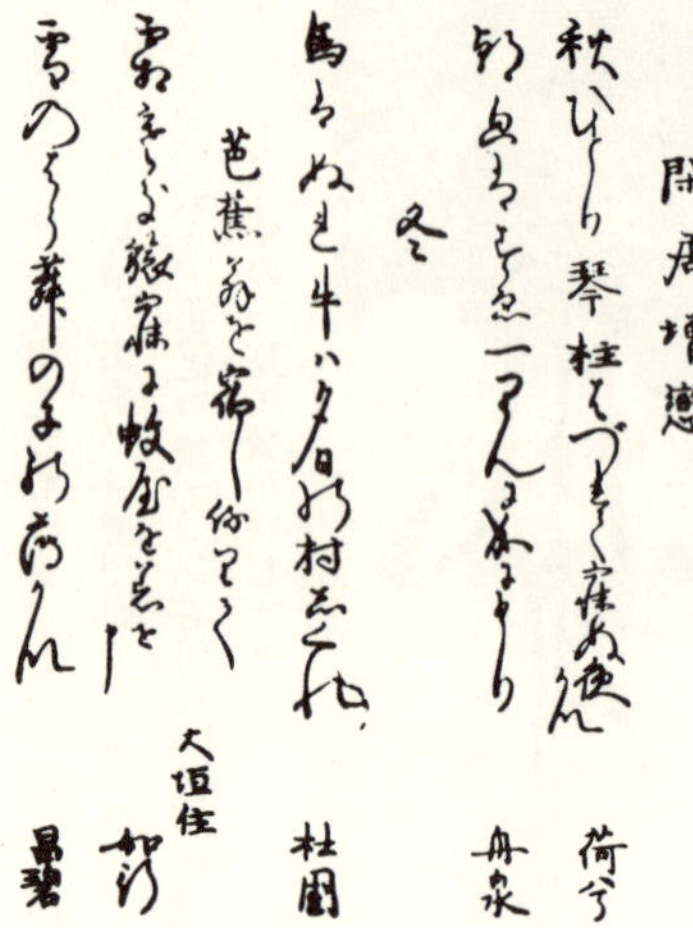

（寺田版縹色表紙本・原刻）

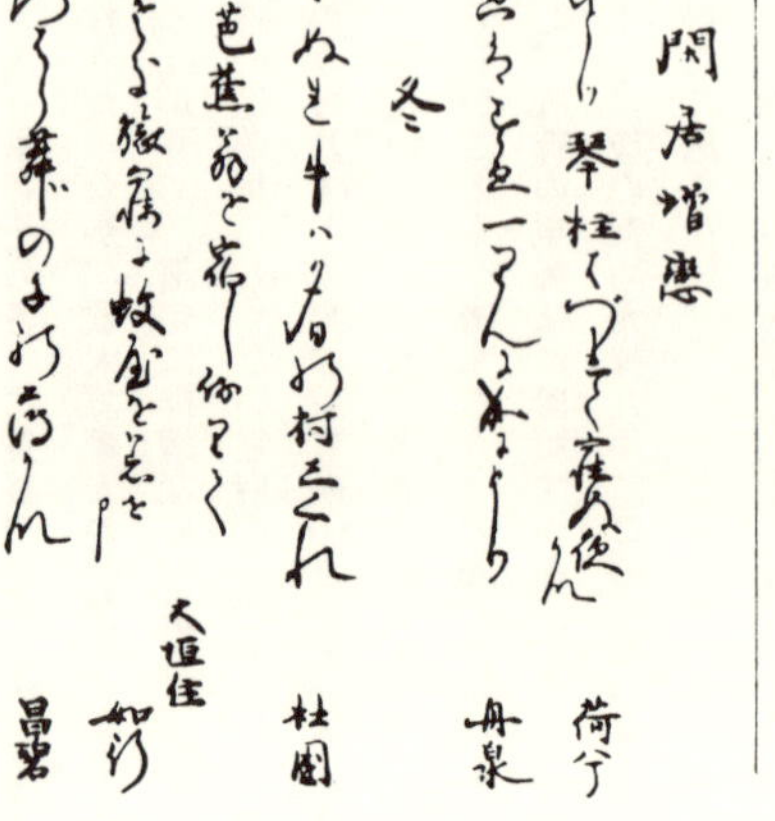

（寺田版水色表紙本・覆刻）

代にして断絶したのであろう。『慶長以来書賈集覧』も「寛文—元禄」と摘要する。とりあえず机辺に用意し得た寛文六年の『独吟集』以下元禄五年『胡蝶判官』に到る寺田版二十数点、殆んど俳諧の書ではあつたが、それ等には又重徳自らの編撰にかかるものも甚だ多く、且つ大部分が自身の版下で、彼はそうした特異な型の版元であつた。当時の出版業界にあつては少々異例とみられるこのような業態が如何なる意味をもつか、興味は単に重徳一人の伝記にかかわるのみでない。いまはただ彼の筆蹟について、ことに範囲を版下文字に限れば、材料は既に豊富に過ぎる。寺田版『春の日』原覆両版をつきあわせて一字一字を較べれば、随所に種々の不一致がみられる。その相違するところのものによつて、覆刻本版下独自の筆法、引いては書き手さえも知られようか、というのが一つの試案である。そして筆蹟比較操作の成績が示すところでは、水色表紙本『春の日』版下の書風なり筆さばきは非常に重徳風に近く、極言すればこの者が薄様紙の下に透かして見つめたであろう原刻本重徳自身の筆よりも一層に重徳流であるところの方がむしろ多い。重徳よりなお重徳的な手をもつた寺田覆刻本の版下筆者は果して誰なのか。

　版相から得た直観からだけでは水色表紙本を原刻とみたいくらいで、本文の考証とか字高差等その他動かぬ証拠があるとしても、この直観的判断を無下に取下げるには何か未練が尾を引く。水色表紙本が覆刻本であることを理窟では信ずるものの、眼が素直にこれに従わない。覆刻本にあたつては大なり小なり原版を彫り崩すものなのに、そうした形跡は殆んどみられず、かえつて逆の現象が各所に指摘されるのはどうしたことか。原と覆の間では、運筆・筆遣いは繁から簡へが常識であるのに、寺田両版の場合全くその反対の方向にあるものがあるのは何故か。

覆刻本にみられるような表現過多で感情主義な華麗の繁体こそ、重徳らしい筆徴であつた。覆刻版が原版本をぢかに版下としたのであれば、刻工の作業も含めて、原に比し覆がより繁であるのは普通でない。故に、原本直接版下説は成立の場をもたぬ。次に原版本を謄写して版下を作つた場合、版下筆者は原則として行筆のはしばしまで底本に忠実であろうとし、その間我流の癖は間々混入するにしても、それは抑制された形においてである。『春の日』水色表紙本版下筆者は、底本筆画の動きや筆線の運びによりも、自己の感情にむしろ傾斜する心構えを隠そうともしていない。自分の手か、他人の跡をなぞつたに過ぎぬか、生きた字か死んだ字か、が原覆判別の大事な鍵の一つでもあるのだが、水色表紙本は理論上覆刻本でありながら、原刻本よりなお個性的な趣もあつて、版に清新の気を失わぬのは、底本を透写しながらも必ずしもそれに拘束されることなく、自由であつたから。そのような気儘さの認容は尋常でなく、しかもその異例を寺田版『春の日』覆刻にみるこの現実を、版下筆者が本屋自身だつたから、と解釈する。即ちそれは重徳自身だつたから、ということになるであろう。

重徳自ら版下の筆を執つたと考える覆刻『春の日』は当然寺田版であらねばならず、その刊記「貞享三丙子年仲秋下浣　寺田重徳」とあるうちの版元条項はそのままでよいわけだろうが、刊年記事は実際には如何か。重徳の歿年から推して元禄九年以前、家業衰退現象からは元禄五年を下らぬこともほぼ確かである。とすれば、貞享三年から元禄五年頃までの何時か。

延宝九辛酉青陽吉旦　京極二条上ル町

とのみある『誹諧七百五十韵』刊記の十六字は、まがうことなく重徳の筆蹟である。刊記として具備すべき書肆名をしかも欠くことによつて、本屋付け一行分を削つた後印本か、との疑問ももたれそうだが、重徳版には他にもかかる例あり、これを初版初印とみて支障はない。俳諧の歴史なり芭蕉のことに言い及ぶには避けて通れぬ本集について、刊記に書肆の名を刻まぬ故か、『俳書大系』その他『俳諧大辞典』さえ、版元に関してはあまり興味を示そうとはしない模様だが、無視してよいほどに軽微な問題かどうか。信徳撰著の多くは重徳版でもあつて、刊年と所付けだけの、不完ではあるが刊記としての一行が重徳の筆で、しかもその所住が外ならぬ彼のと一致する以上、この本が寺田の店から出されたのはいうまでもあるまい。でなければ、何故江戸在住の桃青が『俳諧次韻』の版元としてわざわざ京都のしかも特に重徳を名ざしたのか、その説明さえ十分にできぬではないか。七百五十韻に対する二百五十の次韻なればこそ、姉妹篇にふさわしく本の仕立てのすみずみまでそつくりにする、など芸の細かさに神経を使つた心意気も汲んでやらねばなるまい。たまたま江戸下りの京版『七百五十韵』を見て、それに刺戟啓発されて二百五十韻を大急ぎで次いだ、など出たとこ勝負の偶然説は蕉風開起にまつわる物語としてなるほど面白い。が、酔狂過ぎるところがかえつて気懸りだし、両書刊行のへだたりがわずか半年前後の短時日であるらしいのもあまり手順がよ過ぎようか。京の作者と江戸の作者と、互に分韻して千句を満ずるといつた談合が、信徳・桃青等の間で、それに書賈重徳も加え、既に事前にまとまつていて、何もかも最初から仕組まれた一連の予定線上でのできごと、といつたことも一応は問題として考えてみなければなるまいか。次いで同年冬、詳しくは「天和改元仲冬下浣」、『大坂八百五十韵』を「二条寺町俳書堂重徳」の名において上梓、これも本の仕立てとしては先行の類本七百五十韵や次韻の組合せと、縦糸・題簽の作り・表紙の色合いまですべて同趣である。貞享二年の『広益書籍目録』に、

一　京七百五十韻
一　次韻二百五十匂江戸ヨリ七百五十匂ニ次之
一　同つるいぼ　芳賀一晶右ノ二百五十匂ニ次之

とあり、この三書は三幅一対だつたようで、一晶の『つるいぼ』があれば、いま少し事情は明らかになるだろうが、これはまだ世に知られぬ未見の書である。毘沙門格子に巻竜紋表紙で、淡藍色を交えた二度刷りの本文など俳書としては従前従後に例をみぬ意匠の貞享元年其角の『蠹集』、或いは多くの自画挿絵を入れた元禄三年秋風の『吐綬鶏』など、ともかく重徳は自分の店から出す書物には自分の好みをはつきり打出す型の、又そうした本作りの楽しみを知つている本屋だつたようにみえる。その好みがいつも一定して不易なわけのものでなく、時により流動するのも当然である。いま手近な重徳版元禄俳書、例えば元禄三年の『根合』、同四年の『誹諧花見弁慶』、五年の『胡蝶判官』など、いずれも表紙の色は緑—水色系統で、覆刻本『春の日』の表紙もこの色調圏に包括さるべき性質のものといえよう。尤も、柿衛文庫本『吐綬鶏』は朽葉色で、一概には割切れぬとしても、延宝末から天和初年の頃の朽葉色系が、元禄期に入ると緑色系に多く偏向したのは否めまい。これを当座の思いつきとはみず、造本における色彩選択の傾向性といつた面で捉えるとき、水色の表紙なども覆刻寺田版『春の日』製作時期推定への一つの足がかりともなり得るわけで、それを元禄三—五年の交とするのだが、同書の仕立ても、元禄俳書一般の常識に照し、支障はしない。

　荷兮なり重徳は何故『春の日』の覆刻版を、しかもそうした時期に再刻したのだろうか。元来覆刻版が作られる契機としては、なおその書物への需要があり、且つ同時に原版が存在せぬなどの条件の重なりがあげられよう。寺田版『春の日』が覆刻されていること自体、その時点において既に原版は使用し得ない状態—例えば損傷・亡失してしまつていたらしいことへの何よりの証明となるであろう。一度刷られたものの版木を、本屋ではどう処置していたのだろうか。浮世草子など小説類であれば本屋自身の企画で、それについての経済的負担はすべて版元にかかり、版木は財産の一つとして長く蔵版

され、必要に応じ随時追刷りされていったが、俳書の大部分、特に撰集などは撰者自費出版の形をとり、その蔵版本でない限り、撰者買上げの契約部数をさえ摺ってしまえば、後の版木の管理は本屋の手に移ったもののようである。しかも、本の内容もその場その時限りのものが多く、版元としても何時までも保存しておく筋合の商品であるまい。せいぜい一地方一流一派の作品を収めたに過ぎぬ撰集では、その連中の発表欲を充たすことはあっても、外部からの関心など何程の拡がりをもつものでもなく、ことがすめばそれはそれで仕舞である。第一当時の書物流通機構は甚だ窮屈で狭隘をきわめ、はじめに必要部数を刷ってしまえば、以降果して注文が続くものか。『春の日』の場合にしても、入集の作者層は殆んど尾張地方に限られ、人数も決して多くはなく、荷兮自身さえ本集にどれほどの抱負と期待を外部につないでいたか。全国的な規模においての反響など論外で、『春の日』にしたところで要するにそのような田舎俳書以上に出るものではなかったはずで、この点買いかぶりがあるとすれば俳諧史家いささかのいき過ぎで、版元寺田の本書への評価も大方そうしたところだったに相違あるまい。たまたま過眼の二本とも同一装幀の同一刷次本であることの事実によって、その摺刷のこの時一回きりを想定するのは理論上危険ではあるにしても、他刷次本の報告をみるまでは、その可能性の幾分かあり得るはずである。とすれば、原刻本寺田版の『春の日』は初刷何部かが刷られたまま、以降追刷りされるようなことはなかった、ともいえる。従って、本書のその後の版木が版元からどのような待遇を受けたか、凡その見当はつけられよう。初刷版行後すぐに割られて薪にされてしまったか、或いは幸いにも版木納屋の片隅にわずかの置場所を与えられていたか、ともかく版元の扱いが丁重であった気遣いはない。又はそうしたことに関係なく、版元の火災ということでもあれば問題は一挙に片付くのだが、論者の不敏から何の証拠もない寺田に火をかけて焼亡させてしまうのも罪深く、以上すべて一時の思いつきに過ぎない。一旦失った版木を再度覆刻するほどの魅力を『春の日』はもっていたのだろうか。又そのエネルギーの本体は何か。その期に及んで改めて覆刻のことを思いついたのは版元寺田なのか、撰者荷兮だったか、又はその他の誰か、覆刻寺田版『春の日』については解らぬことばかりが多い。

『春の日』の編撰に指導的な役割を芭蕉がもったかどうか、具体的には所収尾張衆の作品に批点を加え、編輯の問題にまで介入するようなことがあったかどうか、何かと説もあるようだが、少なくとも撰者の側として芭蕉を意識したのは事実で、この人とのつながりをことさらに誇張し、道の先達にすっかり身を寄せかけたような集の編成なのは否めまい。『冬の日』にしても『春の日』にしても、出来早々の一本を芭蕉に献じたのは確かだろうし、芭蕉がそれ等をくり返し読んだこともいうまでもない。荷兮の第三撰集『曠野』は、何故か伊賀連中などの参加がみられないといったところはあるにしても、芭蕉俳壇の実勢力として当時思い及ぶ限りの広域に作者群を収め、先行の二集がたかだか一尾張地方の、その中でも更に小地域の小人数以外には拡がつていないのに較べ、本格的な集の貫禄といつてよかろう。『曠野』芭蕉序、

(前略)ひとゝせ此郷に旅寝せしおり〳〵の言捨、あつめて冬の日といふ。其日かげ相続きて春の日また世にかゞやかす(下略)

の日付けは元禄二年弥生、ことに奥の細道出立間際多忙の時間を割いて綴つたこの文章には、新しく結ばれた仲間への温い微笑、親近感と期待がほのぼのと漂つてみえるではないか。これを口の端だけの上手などと人わるく煽動者芭蕉を勘ぐることはしたくない。荷兮にとつても、元禄二年『曠野』以降、尾張の一田舎蕉門では既になく、全芭蕉集団の組織の中に繰りこまれ、又、同集序文に紹介された『冬の日』にしても『春の日』にしても、従つて全蕉門的な関心の対象にまで昇格したものと思う。いわゆる俳諧の七部集に『春の日』が加えられたことの理由の一つには、支考や去来・許六といつた蕉門古老の間で論議された師翁風躰変遷説のうちにこの集の名が比較的しばしばくり返されたということが実績となつたからではあるまいか。『冬の日』にならべて、『春の日』を彼等が無視しなかつたのも芭蕉の『曠野』序における推奨の文章が与つて力あつたかと考えている。『曠野』の普及とか元禄に入つての蕉門人口の増加につれ、『春の日』への興味も次第に伸びをみせてきたとすれば、それはほぼ元禄二三年以後のことになるだろうか。そうした風潮に乗つて、寺田版『春の日』は覆刻再生した、とみるのである。しかし、版元の家の歴史に勘案するとき、かく誕生した第二次寺田版『春の日』の前途もそれほど明るいものではなく、恐らく重徳の寿命と運を同じくして亡んでしまつたか、他の本屋にでも買いとられて余命をつないでいつたか、語るべき資料はここに何もない。

西　村　版

享保の蕉風復帰に先駆的な貢献があつたか、そうした流れを利用して商策を逞しうしただけなのか、恐らくいずれにも応分の真実はあるであろうが、その頃、蕉門古典の数多くを翻刻出版した本屋の一人に「京都堀川通錦小路上ル町」載文堂西村市郎右衛門がある。元禄三年西村版『花摘』下巻末刊記の奥に「其角撰」として『みなしぐり』・『続みなしぐり』・『その袋』・『花つみ』四種の書名を掲げているが、これは西村の蔵版と出版目録の広告とみるべき性質のものである。『虚栗』こそ江戸西村半兵衛との相版で、その主版元は載文堂だつたであろうが、『続虚栗』はもと江戸万屋版だつたし、四点の皆が元来から西村の版だつたわけでない。又、西村はこの外にも勿論多くの俳集その他を刊行していたのに、特にこの四書を選んだことについては、それなりの意図もあつたはずである。必ずしもすべてが、自家旧蔵の版をそのまま再印したり、他家の蔵版を買得したのではなく、新規に覆刻版を彫りおこしたりもするのだから、この出版は、其角の著撰を中心とはするが、一種の蕉門俳諧古典翻刻双書的な性格をもつものともいえよう。こうした書目を載せる

『花摘』が、刊記どおりの元禄庚午歳初印当時の元禄本でなく、随分の後印であることは、版面の磨損や荒廃からも大体の見当はつくし、「其角撰」以下四行四種書目をならべた計五行分の版木自体、複刻案に際して新しくはめこまれた入木ではあるまいかとさえ疑つてもいる。

後表紙見返し一面に、「芭蕉翁門俳書目録」の広告書名が、この目録に載つている本のどれにも添えられている、一連の西村版がある。あまり古い習慣でもないようだが、どの本屋もよくやつた手で、俳書などでは享保の頃から次第に盛んになつてきたが、商売上手な西村はこうした宣伝商法に特に力を入れていたようである。頁を上下二段に分け、各段を八行に区切つて、十六個のわく組を引き、計十六点の書目を載せる。上段は『みなしぐり』にはじまり、上述『花摘』奥と同じ四点をならべ、次に『蛙あハせ』以下を続ける。『花摘』奥所出の西村版がどういう形で続刊されていつたか、このような奥をもつものとしては『花摘』一本以外に例を知らず、詳しくは不明である。他の三種について、触目の諸本のいずれも、『花摘』様式のものをみないので、この形での出版は『花摘』の一書だけで終り、以降はその案をふまえながら更に拡大し、如上を含めて『蛙合』以下十六点の刊行を新しく企画したのであろう。当時の俳壇にはこうしたものを受けいれ、消化する活力もあつて、これを芭蕉復帰運動へのエネルギーとも判断するのだが、時世に敏い西村はいちはやくこの気運を先取りしたものとみえる。

上述西村版『花摘』上巻末に「芭蕉翁門俳書目録」をも附載した一本あり、上段の第一『みなしぐり』以下第七『皮籠摺』までを載せ、後は未刻の黒板のまま残す。又、右西村版十六種のうちの『皮籠摺』一本所載同目録では下段第一行九番目『丙寅記行』までを掲げて以下黒板、同じく西村版『新山家』一本は下段第三行十一番目『続花つみ』までで以下黒板、又『新二百韻』一本には下段第六行十四番目『長楽寺千句』まで、以下黒板。そして大部分は下段最後十六番目『誹諧書籍目録』までの全書目を載せている。従つて、十六点全部が当初から一度に立案され、同時にそろつて刊行されたのではなく、比較的長期間にわたつて、何点かずつ順次追加出版されていつたのである。まず当企画の母胎となつたのは『花摘』奥『虚栗』以下の四点で、次に改訂案では、第一期として第一次案の四点をも含めて『蛙あハせ』以下『皮籠摺』までの計七点。同第二期は『俳諧小傘』・『丙寅記行』の二点、第三期は『新山家』・『続花つミ』の二点、第四期は『春の日』・『柿莚』・『長楽寺千句』の三点、最後の第五期が『千載堂百哥仙集』・『誹諧書籍目録』の二点、以上五期総計十六点ということになる。最終刊行書『誹諧書籍目録』三冊については何の知識ももちあわせないが、第五期十五番目『千載堂百哥仙集』は江戸西村源六との相版で、寛保四年刊。ほぼこの頃、西村のいわば第二次蕉門名著古典復刊の事業は終了し、更に改めて、この十六点をもあわせた「蕉門俳書目録」の第三次続刊企画にうつつていく。

西村版『春の日』は、第三期分『続花摘』の後をうけ、第四期の最初にある。『続花摘』は江戸『割印帳覆本』（『享保以後江戸出版書目』）享保二十年十二月の条に「続花摘　二冊　同乙卯秋、湖十、板元　京西村市郎右衛門、売出　西村源六」とあり、京・江戸両西村の相版だつた。第三期グループの第二『柿莚』は、触目の書は奥に本屋付けがなくて、「享保十九甲寅玄月廿一日　芹沢啄木彫」とのみあり、書肆名を欠く。撰者宗瑞・咫尺はいわゆる五色墨の連中で、彫工啄木も江戸住で、従つて本書も江戸出来のはずである。江戸『割印帳覆本』享保十九年十一月の条に「誹諧柿莚　壱冊、享保十九寅ノ亥月、宗瑞・咫尺輯、板元　戸倉屋吉兵衛」とあり、ときの月行事は万屋清兵衛であつた。つまり、『柿莚』は元来江戸戸倉屋版だつたので、この版元に対して京の西村は相版元といつた関係にでもあつたのが、割印覆本記録の上で「売出」といつた文字を落したのであろうか。そして、第四期第三『長楽寺千句』は『国書総目録』所引学習院大学本によれば寛保二年刊。とすれば、西村版『春の日』は概ね享保極末から寛保初年にかけて、つまり元文年間の刊行で、そんなに古い版でもないわけである。

西村版『春の日』を寺田版縹色表紙本に同版の後印本だという杉浦説の影響するところは広く、『芭蕉七部集連句評釈　春の日』（昭和二四年三省堂）にもそのまま踏襲されたりなどしている。寺田・西村の両版が異種で、しかも相互に覆刻関係にあることは、それと気が付いてみればすぐにでもわかる簡単なことで、何の理窟もなくあまりにも他愛ないので、かえつて誰も深く注意せず、同版とか後刷りなど勝手放題をいつてきたものとみえる。寺田版原刻本の字高は十四糎、同版覆刻本で十三・七糎だつたのが、西村版では十三・四糎と、次第おくりに減少をみせており、半紙本覆刻の縮小平均値から考えて、西村版が覆刻本系をかぶせた再覆刻版なのは確実とみてよかろう。版下謄写・版刻ともども厳正を欠いたからであろう、雑な仕事のためすつかり彫り崩されてしまつて、微妙の気品など、微塵もない。原覆の縹・水両表紙本においてみられた「茶つミそ」と「茶つミを」の本文異同についても、西村版は「を」形に従つており、寺田両版のうちでも、原刻本でなく、覆刻本を底本にしたので、寺田版系『春の日』はここに第三の版種をもつたことになる。

蕉門俳諧七部の古典が選ばれ、その一本として本書の名もやかましくなりかけた矢先、ともかく西村版『春の日』の新刻は、やがて花咲く七部集本時代への春一番となつた。西村が七部集の出版にただならぬ関心を寄せていたことは、第三次刊行書目として「蕉門俳書目録」に薄様摺りの特製本までも用意して小本『七部集』の売出しを広告し、いわゆる安永本を出版している点からもほぼ察せられよう。七部集のうちの『春の日』ばかりを何故西村は単行したのか。『冬の日』以下すべて井筒屋版で、当時『春の日』だけが宙に浮いた情況だつたので、何か版権上のことでもあつたのだろうか。

七部集版本のことについては『七部婆心録』の曲斎が意見を、その難渋の文章と威丈高な独断にもかかわらず、なお且つ最も珍重している。彼が今年の夏―といえば文政三年だが、京都書肆懐玉堂の倉庫を調査した際、諧仙堂・懐玉堂相版の合纂『俳諧七部集』の題簽を一枚にあわせ彫りつけた版木を見出したが、それには『春の日』だけが省かれてあつた、という。

さて、此中に春の日の外題なきハ、再刻の砌、春の日だけを載文堂へ分与し故也。此故に、春日ノ終、貞享三丙刁年仲秋下浣トアル傍に、

京都堀川錦小路上ル町

西村市郎右衛門梓

と入たり。昔、筒井にて彫みし物に西村の名あるハ、貞享ト有ても再板の証也。其後、天明の末、西村没落して、安永の小本と偕に、春日を浪花へ販し時、浪花にて其所書・家号ハ削けり。此故に、古本に西村の名ある物と、なき物あり（下略）

と。『春の日』の版についてこれほど立入っての話はかつてなかつた。が、腑に落ちぬことも又あまりに多い。懐玉堂版七部集に『春の日』の一集が省かれていたのは、その題簽用版木の見取図まで出しているのだから、疑うまい。理由として、「再刻の砌、春の日だけを載文堂へ分与へ」たというのだが、載文堂に譲つたのは誰か。明示はせぬが、前後の文脈から、それは井筒屋であるらしい。『冬の日』以下六部の集について、井筒屋と懐玉堂との関係にも問題はあるのだが、井筒屋が『春の日』を西村に渡したのと、懐玉堂が『春の日』以外の六部を合纂したのと、本来別時限のできごとなので、当面に関しては、懐玉堂は一切縁なき立場にある。ともかく婆心録の説に従えば、『春の日』は井筒屋から西村へ移り、そこで西村版が生れた。西村版の成立と井筒屋より移譲の時期がほぼ重なるとすれば、それは元文の頃である。そして、同時に井筒屋が七部集再刻の砌でもあつたというのだが、この時期での七部集再刻とは何か。もしそうだとすれば、井筒屋版『冬の日』等にも元文再刻本があらねばならぬのだが、その種のものの存在に対してわたしの心証はむしろ否定的で、西村の『春の日』版新得についての曲斎説をそのまま受取ろうとは考えない。種々に錯雑する曲斎説のうち、この期における井筒屋の七部集新刻ということと、西村への『春の日』譲渡という二つの要素を分離する方が、論を整理するのに便利であるように思われる。井筒屋旧蔵版『春の日』刊記のうち、刊年は残し、西村の所付けと屋号を新刻したというのだが、とすれば、西村版の版木はもと井筒屋蔵版だつたことになつて両版同定し、その西村版が覆刻寺田版を底本にした二重覆刻である以上、井筒屋版も又覆刻寺田版の再覆刻本であつたはずである。

『春の日』のことに関し、かくてようやく寺田と井筒屋との関係にまで溯ることになつてしまつた。寺田没落後に獲得したのであれば、井筒屋の求版は元禄後期のことであるだろう。版木の形で得たとすれば、それは水色表紙本系覆刻版そのものであるはずなのだが、いつかそれも失つて、わが手許で再覆刻版を新製し、やがて西村に譲つた、ということになる。いうところの井筒屋版の刊年記は寺田版

のままに貞享三丙寅年云々だつたのだが、書肆も又寺田の名をもとのままに残していたのか、或いは寺田を削つて自家の名を新刻したか、いずれにしても、そのような井筒屋版『春の日』をわたしは知らない。但し、以上の論法は井筒屋から西村が獲た『春の日』は版木そのもの、との前提から出発したので、それならば西村版『春の日』は井筒屋版と同版の後印本であり、刊年記はもとのままでも、西村の所付けと屋号の二行は新刻の入木であらねばならぬ。しかし、どの西村版も刊記の右二項を入木などと認定するわけにはいかない。覆刻寺田版と再覆刻西村版との間に、いま一版の、例えば井筒屋版などの介在する余地は元来なかつたのである。従つて、西村が井筒屋から『春の日』を譲られたことがあつたとしても、それは版木でなく、単に版株だけのことで、既にその頃井筒屋では『春の日』の版木そのものは失つていた、としなければならぬ。その新得の版株によつて西村は自前の版をおこしたので、「貞享と有りても再板の証」の再板とはこのような意味をさしているのだろうか。失う者と得る者と、いつてしまえば一つの本の出版権移動ただそれだけのことだが、そうした事象にさえとどまることもなく流れゆく俳諧の歴史が感じられる。曲斎説の以上はいずれ懐玉堂あたりの本屋からでも教えられた聞書なのでもあろう。かつて繁栄を誇つた老舗も退転して既に年月も久しくはあつたが、業者仲間では井筒屋や西村についてこうした話をいつまでも語り草にしてたものとみえる。婆心録のいう「昔、筒井にて彫し春の日」というのも、いずれ伝聞による知識にしか過ぎまいが、それはどうしたものか。

「元禄十五年午九月吉日　京寺町二条上ル町 井筒屋庄兵衛板」の序文をもつ『俳諧書籍目録』には宝永四年刊『花の首尾』までを所収しており、この二つの間に時間的なずれなどもあつて、成立と刊行の事情について問題はあるにしても、宝永四年後に出されたことは少なくとも事実である。この目録の性格は、前稿「冬の日考」でも述べたように、自家の出版物ばかりで、他店のものは一切載せぬ方針をとる以上、この時現在での井筒屋蔵版蕉門俳書販売総目録といつたものであつた。まず初頭に、

春の日　貞享二年　一冊物　売値段八分

を掲げるが、「目録次第不同」とはことわるものの、大体年代順排列方法に従つており、貞享の『春の日』を最初にもつてきたのだろうが、この「貞享二年」は三年の誤りで、これを二年とみた故に、『冬の日』を同年として第二番に下げるなど二重錯誤を犯したのであろう。こんな不都合はあるにしても、売値段まで示した『春の日』以下を、元禄十五年―宝永四年の頃、井筒屋が蔵版していたことを信じないわけにはいくまい。しかし、いうが如き井筒屋版『春の日』はかつて過眼せず、又これを著録した如何なる書目の類をも知らない。元来、『春の日』は寺田重徳の初刻にかかり、同じ重徳によつて覆刻されたのは元禄初年の頃かと、まことに自信なき仮説は既に記したところである。この二種の寺田版と井筒屋版の連関を何と解釈すればよいのか。覆刻寺田版を買得して、それを全くそのままの形

で自家蔵版の中にくみ入れてしまつたのだろうか。或いは重徳覆刻説を否定して、井筒屋覆刻説に改め、寺田重徳刊記の水色表紙本は実は井筒屋による新刻覆製とみるべきか、とすればさきの私説は振り出しにもどつて考え直さねばならぬ。更に、宝永の井筒屋目録にいう『春の日』は文字通り「手前にて板行」した、従つて当然寺田版とは異種のものだつたのだろうか。

延享二年の井筒屋重寛『俳諧書籍目録』のうち、「芭蕉並門人俳書次第不同」の条には『冬の日』が最初に出てきて、『春の日』の名はみえない。板行を紛失したという○印の内にもなおみえず、井筒屋から『春の日』の版木が消えたのは延享より何分か以前のことであつたらしい。「右之外、蕉門之俳書、板行数多有之候へども、唯今ニ而ハ板行焼失いたし居申候。跡より追々出し可申候」とあるが、宝永目録に比して掲載書目が激減しているのは、「板行焼失」したからで、『春の日』もその焼版のうちに入つているのだろうか。西村が寺田版を覆刻して『春の日』を再版したのは元文年間であつたらしい。そして、井筒屋では宝永四年から延享二年の間に『春の日』の版を失つている。延享目録にいうが如くば、『春の日』も早く「焼板」してしまつてからは、井筒屋としてはそのまま版株を保留するばかりで、久しく新版をおこすこともなく過してきたのであろう。そして元文の頃、西村に版株を譲り、それによつて、西村は『春の日』を覆刻する、と一説にはいう。西村は覆刻の底本を何故寺田版に求めたのだろうか。このことによつて、井筒版『春の日』が寺田版であることを想定するには、やや推理に飛躍があり過ぎよう。が、考え得べき一応自然な筋書ではある。

井筒屋宝暦目録巻初「右七部集翁并門人撰」の、

一匁五分 春の日　貞享二 蕉翁撰　一冊

はどうしたものなのだろう。ここにみえる七部の集にはそれぞれいずれにも冊数や売価が付記されてあり、セットとしてではなく、各個単独の形で売出されたものであろう。延享目録では一旦消滅した『春の日』が、その予告通り、宝暦目録に「七部集」本の一つとして再現してきたわけで、井筒屋では焼版の版株をこの時までも引続き温存していたことになり、その西村売却説の根拠は薄れてしまう。いずれ宝暦には再刻する『春の日』を元文の頃は何故見通しくらく他店に売つてしまつたのか、それだけでも井筒屋の将来は推して知るべきであろう。『春の日』井筒屋版、又その西村への移動という婆心録説にそつて思い得られるところを述べたのだが、くりかえすように、いうが如き如何なる井筒屋版『春の日』も管見せぬわたしにとつて、もしそうした本があるとすれば、その出現をまつて改めて考え直さねばならぬとしても、西村版『春の日』の井筒屋よりの求版説についてはむしろ否定的で、よし問題提起してみたところで、いまのところ、到底歯もたたぬ。

西村版『春の日』諸本のうちの少なからぬ数のものが、例えば『古板七部集』底本にしても、小菊紋表紙を表紙にかけている。とすれば、版は元文の頃におこされて、いわゆる小菊紋時代に及んでまでの期間、息の長い刊行を続けてきたことになるのだが、これは勿論七部集流行の余慶であつた。東北大学図書館編『徳川時代出版者出版物集覧』が著録する西村市郎右衛門版は大体天明中までで、以後姿を消す。安永三年の小本七部集には東都書肆山崎金兵衛・冨田新兵衛、皇都書舗西村市郎右衛門・野田治兵衛・井筒屋庄兵衛として相版の一人に名を連ねたものの昔日の勢いなく、その西村も、天明の大火あたりで衰亡してしまつたのだろうか。前引、

（前略）其後、天明の末、西村没落して、安永の小本と偕に、春日を浪花へ販し時、浪花にて其所書・家号ハ削けり。此故に、古本に西村の名ある物と、なき物あり（下略）

という婆心録の情報に従えば、西村版は版木のまま天明末に大阪に買却されたことになるが、西村版であつて刊記から所書と屋号を削つた一本のあることを知らない。ただ、西村版に類版であつて、所書・屋号を削つた一本としては、いわゆる七部集本がある。婆心録は前引に続いて、「其時、野田も七部半分、大坂なら長へ分けしを、寛政の比、京浦井所望によりて、春の日偕に再び京へ取寄せて後は、七部を揃へて販ぐ積りにて」と、合纂七部集成立の事情を解説する。婆心録の文章にそつて時代を逆に溯ると、合纂七部集本の『春の日』は浦井が大阪奈良屋長兵衛から求版したものだが、奈良長は天明の末にそれを京都の西村から求めた、つまり合纂七部集本『春の日』の源は西村版ということになる。然るに西村版と合纂七部集本は決して同版などでない。この点、曲斎の説に何か誤伝でもあるのだろうか、或いは婆心録への解釈をわたしはとり違えたのだろうか。更に重ねて、「又、春の日に坂板あり」と彼はいう。坂版とは大阪版のことであろうが、奈良長版以外を指すものかどうか。大阪版『春の日』の如何なるものについても何等知るところはないのだが、ともかく「本屋名を削つた西村版」というのが問題となつてくる。

寛政七部集本

寛政版七部集第一冊は、『春の日』・『冬の日』・『ひさご』の三部を一冊本の形式に改装したものである。所収『春の日』の奥はただ「貞享丙ヲ年仲秋下浣」とのみあつて書肆名を欠くが、本文の版下は明らかに寺田版系統本の覆刻といえよう。とすれば、その底本は寺田版系統三種版のうちのどれか。本版の字高は十三・四糎で、西村版に等しくあるが、全冊にわたり勿論同版でない。覆刻版には原則として字高の縮小現象がともなうとすれば、七部集本の底本はまず西村版であり得ず、他の寺田二版のうち縹色表紙本系か水色表紙本系のいずれかということになるが、半紙本における覆刻縮小平均値を〇・三―〇・五糎とした場合、十三・四糎を字高とする七部集本の底本は原刻本よりむしろその覆刻水色表紙本系であるのを適当とする。そして重五の発句も「茶つミを」形であつて、「茶つミそ」形でない。なお、刊記の位置は西村版が底本を全く無視移動しているのに対し、七部集本は寺田版に重なりあつており、このことは、第一丁の丁付「一」の位置についてもほぼ同様のことがいえる。更

に、原・覆両寺田版に対する七部集本個々の字形は、傾向として覆刻水色表紙本により親近関係を顕示しており、七部集本『春の日』は覆刻寺田版を底本にした第二次覆刻本であり、西村版とは姉妹版の間柄にあつたといえよう。西村本を避けて、当時でも恐らく伝本寡少だつたと思われる寺田覆刻版を特に底本に選んだのだろうか。寺田は既に絶家しており、西村は『春の日』の版元として健在なるが故に、ということであろうか。

西村版がそれなりになるべく底本に忠実であろうと努めているのに反し、合冊七部集本では数えあげるのも煩わしいほどに底本の字形に意識的な改変を加えている。この改変に対し、通じていえることは、底本のやや難渋かと思われる草体漢字を行書や楷書に書きかえるなど、要するにできるだけ平易な姿に改めようといつた態度である。こうした行き方は、覆刻版柿衛文庫本『冬の日』においてみられた現象と全く揆を一にしている。

『冬の日』初版本系統の柱刻は丁付だけだつたのが、覆刻柿衛文庫本に至つてはじめて「冬の日」の三字を添加するようになり、七部集本はこの「冬の日」題名柱刻本の版をそのまま流用しているが、さて『春の日』は如何か。『春の日』寺田版二種及び西村版の柱刻はいずれも丁付ばかりなのに、七部集本では各丁に題名「はる」の二字を加えている。七部集本のうち、冬・春・曠・瓢の四集は、「皆罫引狭し。昔板ハ皆広きを、紙の為めに狭めしハ、後世の書林わざ也。能々見るに、端罫《ハナケ》にはる・ヒサ・あ上・あ下・あ員などゝ書たる功者ぶり、筆工わざ也」という曲斎の言も、柱刻「はる」後補説をとつたまではよいのだが、ただ再版のときの仕業とするのみで、その時期を明示してはいない。古版に対して新版の罫引が狭くなつたのは、用紙を節約縮小したためという。罫引云々とは行間隔のことだが、寛政版とその底本寺田覆刻版との、一頁分の横幅、従つて罫引の行間隔はそれほど大差なく、全員で計〇・一糎前後の縮小を見せているばかりで、曲斎のいうが如く顕著でもなく、又その程度のことで果してどれほど紙の経済になるというのだろう。行間隔の縮小は、紙の節約などの計算からもくろまれたものでなく、覆刻によつて物理的に随伴する自然現象に過ぎず、覆刻と紙幅の節約に元来何の因縁のあるものでない。罫引において版面縮小の事実を見ぬいた曲斎の慧眼を流石に前人未踏と感服するが、その解釈についてはいささか如何か。各集柱刻にそれぞれの書名を入れることは、合冊の場合、その早引の見出しとしての便利さはあるにしても、だからといつて、そのような柱刻を付けているものは、七部集合纂に際し、新規に刊行されたもの、との逆の証言の立て得ないことは、柿衛文庫蔵桑畝本『冬の日』の存在することによつても明らかである。それに『春の日』・『冬の日』・『ひさご』の三集を合本にした第一冊分以外の他の四集は、それぞれ単行して、合冊でなく、しかも、そのいずれにも書名の柱刻あり、従つて、第一冊の書名柱刻は必ずしも合冊のための検索、見出し、といつた理由からのみ施されたとは解されない。

桑畝本『冬の日』にはさきに単行本時代があつて、その後七部集合纂本の中に組みこまれたものだが、同じく「はる」柱刻七部集本『春の日』にも合纂本時代に先行する単行本の時があつたのではなかろうか。単行本「はる」柱刻本『春の日』が存在したとすれば、その版元は誰か。纂本七部集は井筒屋筒井・諧仙堂浦井・橘屋野田の相版だが、他の六集の明らかに井筒屋単独版であつたが如く、かつては『春の日』を版行したといい、又長らくその版株を持続けてきたらしい井筒屋を、この単行本『春の日』の版元に仮説することに、まるで見当外れのそしりを受けるだろうか。そうだとすれば、それは宝暦目録本にあるものでなかつたか。宝暦の頃、西村は覆刻寺田版による再覆刻本の『春の日』を蔵版中であつた。そして、寛政七部集本の前身と推定した井筒屋宝暦版『春の日』が西村と同じ旧寺田版をかぶせたのは、いまは版株としてのみ保留しているかつての井筒屋版、つまり宝永目録『春の日』がそれであつたからか、など想像を玩んでみる。

　松宇校訂岩波版『芭蕉七部集』例言にいう、

私の多年所蔵せるものと一々照合したる所、私の所蔵本は外題「波留濃日　全」とあり、樋口本は「春の日」とあり私の所蔵本には、貞享三丙刁年仲秋下浣とあるの下に「書林　西村市郎右衛門」の名ありて樋口本には無く、他は悉く毫末の差異無き事を確かむることを得たが、樋口氏の所蔵本は一々表紙も異なり、特に「春の日」「炭俵」二書の如きは曲斎の所謂彫方の刀法鮮やかに一見其初版なること明らかにして多年の疑義一時に氷解（前後略）

　かくて岩波文庫本にはこの樋口本を底本に選んだのだが、翻刻されたその本文に関する限り、いうが如く西村版に一致し、ただ刊記に書肆名を欠き、題簽の「春の日」が「波留濃日」でないというのが西村版との相違である。版本としての樋口本『春の日』はどうした姿のものだつただろうか。

　日本名著全集本江戸文芸の『芭蕉全集』所収『春の日』の底本は松宇文庫本の西村版、題簽左肩単辺「波留濃日　全」、口絵写真から判ずるにそれは小菊紋表紙であつたらしい。同書前表紙見返しに次の書入れあり、

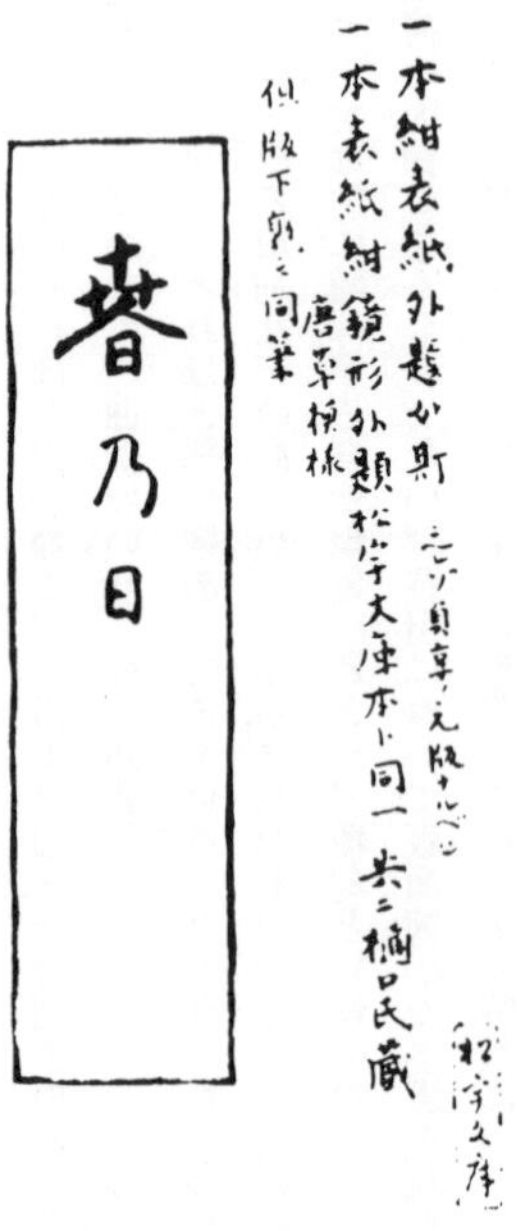

一本　紺表紙、外題如斯之レゾ貞享ノ元版ナルベシ
一本　表紙紺鏡形唐草模様、外題、松宇文庫本ト同一。共ニ樋口氏蔵
　　但、版下孰モ同筆

と。東京関口の芭蕉庵文庫蔵右松宇本につき、早稲田大学の雲英末

雄さんを通じ何かと教示を得た。即ち、名著全集の底本松宇文庫本は現在題簽欠、綴糸は変つているが、小菊紋茶色の原表紙で、上引書入れは松宇朱書自筆にして、外題文字のみ墨書という。つまり、松宇本書入れが貞享元版だと推論する三ツ十字「春の日」外題本と、岩波文庫底本の「春の日」外題本とはともに樋口氏蔵の且つ同一書だつたのである。岩波文庫の『芭蕉七部集』を校訂するについて、七部集に関する樋口蔵のすべてを借用したというが、松宇の書入れはその際の所為とみてよかろう。

この松宇書入れの文章はやや難解で、とりあえず上引のように句読を切つてみた。第一行「外題如斯」云々とは所引樋口蔵単辺の三ツ十字春の「春の日」をさしたものであろう。そして「貞享ノ元版ナルベシ」とこれを松宇は審定する。「鏡形唐草模様」紺表紙本の外題は西村版である「松宇文庫本ト同一」なのだから、それは「波留濃日」であつたはずである。「波留濃日」を題簽とするのは寺田版原覆二種と西村版の計三版で、「波留濃日」題簽鏡形唐草模様紺表紙本『春の日』も当然上述三種のうちのどれかであるであろう。芭蕉記念館本『春の日』は四周単辺「波留濃日」題簽で、第四期『長楽寺千句』までの「芭蕉翁門俳書目録」をもつた、従つて西村版としては比較的早印かと思うのだが、それは「菊花唐草模様」ともいうべきを押し紋にした朽葉色表紙であつた。いわゆる鏡形唐草模様が具体的にどうしたものかよくわからぬが、色こそ違え近縁する模様の樋口蔵『春の日』一本は西村版であるらしい見通しも強い。松宇が貞享元版と折紙をつける樋口蔵紺表紙一本『春の日』の版下が西村版かと推定される鏡形唐草模様紺表紙と同一筆である以上、それも西村版ということになる。

樋口蔵『春の日』二本の版下が「執モ同筆」、つまり西村版系というのだが、この版下系統の『春の日』にはまず重徳自筆版の初刻本とそれをかぶせた覆刻との両寺田版、更にその再度重刻の西村版と同じく七部集本、等まことに錯雑した類版あり、しかもその相互関係など殆んど未開拓で、特に覆刻と後印の識別意識さえ持ちあわせていなかつたらしい当時、この俳諧もの筆跡鑑定の名家松宇宗匠にさえ、『春の日』諸本の版下について正当の判断を期待するのはいささか酷というものかも知れず、俳諧版本の学は要するにその程度の時代だつたのに、これに関する松宇の意見がどれほど権威をもつか。だから寺田版系諸本の鑑別について、それは深くも考えない説であつたとしても、例の癖の多い、一見してわかる重徳風の文字を、それと言いあてるのは何も至難の業であるまい。貞享元版という一本と、鏡形唐草模様表紙の一本と、その版下が正確に同一かどうかは問わぬにしても、その両書がともに重徳風の版下であることにおいて一致する、といつた範囲のことは信頼されてよく、三ツ十字「春の日」外題本の版下は重徳版系だつたことになる。そして、その翻刻岩波文庫本の示すところでは本文も又重徳系に相違しない。重徳系『春の日』に松宇いうが如きものがあるのかどうか。

普及版俳書大系の『冬の日』解題では、樋口功蔵の一本を正しくその初版本と認めるとあり、それは題簽なく奥付も欠くという。何を理由に初版と定めたのだろうか。初版らしくみえて、奥付を失い、しかも「はぜ」系のその本は元禄中期の後印本かと思われ、且つ題簽をも具えないといつた書徴はそのまま中村俊定氏蔵本に一致するが、昭和十年頃に入手した中村本が旧樋口本であることの証は知らぬ、とはその架蔵者の話であつた。ともかく、初印『冬の日』存本の稀有を認め、且つ家蔵本を享保・元文刊かと解説する（大正一五年、『芭蕉の連句』）樋口本『冬の日』も、その口絵に載せた一葉の書影から察するに、到底そのような早印ではない。本書にいうところと大系本にいうものとが同一樋口本だつたとすれば、大系本の初版説はまことに根拠なき妄論といわざるを得ず、これまでの七部集版本説の大方について、理由を明示せぬ限り、その所説に思わぬ危険を伴うことも多いと心得ねばならぬ。更に俳書大系の解題では、『春の日』についても樋口蔵一本を、前述『冬の日』本と同じく、初版本と思うといい、再刷本には「波留濃日　全」の題簽が附いている、と。いうところの貞享本題簽が何であつたかを示さず、題簽が「波留濃日」となつているのは後刷本だと決めつける『連句評釈春の日』の解題は、大系説・杉浦説等に倭するばかりで、頗る十分でない。いわゆる樋口蔵初版本の題簽について、大系本解説も何等筆を費そうとしていないが、文脈から察してそれは「波留濃日」でなかつた、というつもりであるらしい。俳書大系解題・松宇文庫本書入れがともども『春の日』の初版だといつているのは、実は同じ樋口本のことなので、それの題簽は三ツ十字の『春の日』だつたことになる。

三ツ十字『春の日』をもつて翻した岩波文庫の本文が「茶つミ」形であり、又同本によつて校合したとある大系本もその通りである以上、ただそれだけでもこれが初印初刻であり得る道理はない。そもそも、三ツ十字「春の日」が原題簽だつたのか、後補の書き外題に過ぎぬかを区別しようとする書誌的操作の確度さえ疑わしいものに思えてならぬ。松宇が三ツ十字「春の日」外題と説明するものについて、大系本では一切そのことに触れないのは、それを式正の題簽とするに足らぬとみた晋風の見識があつたのではないのか。証拠はないが、この人騒がせな外題は恐らく後人の補筆とわたしはみる。謎あかしの種は第十二丁表四季発句部立「春」字にあり（上図参照）、それをそつくり模したこしらえものなのではあるまいか。

旧版岩波文庫底本の樋口蔵『春の日』を「彫方の刀法鮮やかに、一見」して初版だと驚喜したと松宇はいう。「刀法鮮やか」とは版に磨滅を生じていないということもその属性の一つと考えてよかろう。磨滅云々は自家蔵西村版に「照合」して得た心象だろうが、その家蔵本は実は小菊紋表紙の、西村版としては最も後印に属するものである。これとの比較においての「刀法鮮やか」だとすれば、その鮮やかさの程度は果して如何か。それにしてもその樋口本は書肆名を持たぬものであつたことは事実で、これをもつて校合した大系本文も書肆名を入れていない。西村版の刊記は本文に同一版であつて決して入木でない。そして初刻初印から小菊紋の時まで終始その通りであつた。西村版小菊本よりも版相鮮鋭なるが故に、もしそれが西村版であるとすれば、その摺刷は小菊紋の時期に降るものでない。従つて、西村没落後、小菊本が他に移り、書肆名を削つた西村版『春の日』のなれの果てとそれをみるわけにはいかない。つまり樋口本『春の日』は元来西村版でなかつたことになる。刊記に書肆名を欠き、版下が西村版に同一、というよりそれに近似するもの、といつた条件に見合つた版種に七部集合纂本がある。さきに七部集合纂本に先行する単行本時代の『春の日』を予想してみたのだが、それについて考えられる条件を樋口本はほぼ具えているようである。七部集合纂本の本文は、発句秋の「具足着て」を「具足着た」とする以外、すべて西村版に違わない。そして、樋口本は岩波文庫本・大系本とも「具足着て」で、七部集合纂本でなく西村版系の姿を示している。或いは単行のときの「着て」を合纂に際し「着た」と誤つたか、この一点が解明されぬばかりに、合纂本単行時代の『春の日』はわたしにとつていつまでもただ青い鳥でしかない。

春秋堂版

『春の日』の一本に、七部集本とも相違し、寺田版系「波留濃日」題簽ではなく、「春乃日」を題簽とするものあり、これが杉浦論文にいう書肆名を記さない一異本にあたる。「波留濃日」系とはすべて版下を別にし、本文にも若干の異文を含んだ全く別系統本である。

巻末には「貞享三丙刁年仲秋下浣」の年記を刻んでいるが、本版がとても貞享時の版刻でないことは、版下を一見しても大体の見当はつけられる。題簽中央、無辺「春乃日」、綿屋文庫蔵三本ともこのようにある。勿論すべて同版だが、うち、旧和露文庫蔵一本について、体裁も近世でなく、古く版に起す、と普及版俳書大系は解説するものの、具体的にはどういうことなのか。色こそ砥粉色なのだが、これが紺や縹、又は丹・朱などであればそのまま寛永・寛文といつた時代に通用するような大時代な、紗綾地牡丹唐草模様のいわゆる行成表紙本で、初印か少なくともごく早刷りとみてよい版の面構えである。自体としての刊記を持たぬ当書の実際の刊年なり版元は何か。貞享期以降一般にものの本の表紙として、ことに俳書には全くといつてよいこの異例さに加え、井筒屋など京版ものに慣れた目には版下も何か怪態にみえてならぬ。享保十六年に江戸戸倉屋喜兵衛から出た『五色墨』は随分流行したらしく、初版にも何種類かの後印本もあるが、題簽藍紙左肩双辺で朽葉行成表紙のものが初刻初刷本かと考えている。『春の日』のとは同一版木によつて刷られた共紙製品ではないが、模様の意匠はやはり紗綾地に牡丹唐草であつた。享保十二年刊西村源六版大本『閏の梅』も紺表紙のやや大柄紗綾地牡丹唐草の行成表紙、享保十七年刊西村市郎右衛門と相版で江戸文刻堂西村源六版半紙本『綾錦』は紺表紙で、殆ど『春の日』の表紙に近いパターンの行成表紙であつた。以上みな江戸版。思うに、当時、江戸にはこうした趣味が一部にあつたのも事実である。

紺表紙の、例の小菊紋仕立てなので時代も大体の見当はつくのだが、事実前掲行成表紙本に較べて多少版の欠損なども目立つた右同版後印一本のその巻末に、「春秋堂蔵版書目」一丁半を附録するものがある。春秋堂は江戸吉文字屋治（次）郎兵衛、『徳川時代出版者出版物集覧』は享保から寛政にかけての刊行書目をあげているが、『慶長以来書買集覧』には「元禄―天明」と解説する。無書肆名行成表紙本にとつて春秋堂は何か、それの関係について説明するに足るほどの用意はないが、行成表紙本はもともと春秋堂版でなかつたか、少なくとも江戸版だつたのではあるまいか、との見立てもあながち根なしごととは思えない。蕉門古典中の古典ともいうべきものを翻刻するなど意義あることにそのいわれ書を述べないような俳諧人はなく、そのことの序も跋も付けない裸のままの翻刻『春の日』はいずれ勘定づくな本屋仕事だつたに違いない。とすれば、むしろ俳諧者ではなくて、その本屋に出入りの筆工による版下かとの見通しもたつ。版下に限つても、京風・江戸風といつた別には、こうした職業的筆工が作り出した色合いの相違もあると思うのだが、そこで、異版『春の日』の江戸版たることを版下において推定してみたのである。職業的筆工であれば、他にも必ずその版下はあるはずで、とりあえず春秋堂版の諸本に当つてみたものの、それと思いつくものもなく、この試行は失敗した。が、まだ断念したわけでない。

「春秋堂蔵版書目」はこの目録に載つているどの本の奥にもつけられているのだが、その第一丁下段に「俳諧春乃日　はせを翁　一冊」をあげており、上述『春乃日』後印本は春秋堂版である。春秋堂蔵書目は『春乃日』の次に『誹諧眉斧日録』をならべて出しているが、これは風窓湖十撰高点附句の小本形雑俳集で、数篇を順次に続刊していつたものである。『割印帳覆本』宝暦二年三月の条に「眉斧日録　全一冊墨付三十九丁、宝暦二年申三月、作者　湖十、板元売出吉文字や次郎兵衛」。同二篇一冊四十三丁は同年夏六月の項に所見。『眉斧日録』一本後表紙見返しに「宝暦二壬申初夏　江都日本橋通二丁目吉文字屋次郎兵衛開版」と年紀を入れた蔵版書目を附載しており、それに『眉斧日録』・『同二篇近日出来』・『同三篇追而出来』とあつて、この書目は『眉斧日録』初篇刊行時に彫られたので、他の後印の一本には「近日出来」とか「追而出来」を削りとつたものもある。上述初刻『眉斧日録』附載蔵版目録に「春の日芭蕉翁一冊」とあるが、これは勿論「春秋堂蔵版書目」にいうと同じもので、春秋堂版『春の日』は宝暦初年時の刊行だつたのは確かである。もつとも、この小菊紋紺表紙本『春の日』を宝暦度の初印早刷だというのでなく、ずつと後刷本らしいことは、蔵版書目の一々の実際の刊行時に照して明らかである。従つて、「春秋堂蔵版書目」を付けた小菊本『春の日』よりは早印だということを理由にして、行成表紙本の刊行を宝暦初年より以前に溯らさねばならぬ必然性は少なくともない。異版『春の日』初印行成表紙本の版元について、更に、春秋堂はこの『春の日』に対して元来からの版元だつたのか、或いはそれは単に後々――つまり宝暦での求版本に過ぎなかつたのか、積極的な決め手は何一つあげ得なかつたものの、初版初印本が宝暦初年の江戸出来で、当初から春秋堂版だったことの予断をこれもなお捨てようとは思つていない。

行成表紙本つまりは春秋堂版でもあつたらしい異版『春の日』の本文は寺田版系に較べて随分杜撰で、懐紙うつりの標記も多く省き、又用字や運筆にも出鱈目が目だつて、総体に仕事が雑で、義理にも程度のよいテキストとは評しがたい。寺田版と春秋堂版の間にみられる漢字・仮名等用字の相違や、テニヲハ・筆法・書体の相違はさておき、相互に異文で、且つ明らかに春秋堂版の誤りと思われるものをあげると、

	寺田版	春秋堂版
一、「春めくや」巻	土つりて	土へりて
二、同	朝熊おるゝ	朝熊おくり
三、「蛙のミ」巻	忘るらん	忌るらん
四、同	簀の子茸生ふる	簀の子草生る
五、発句夏	笠ミゆるほとに明て	笠ミゆゆほとに明也
六、発句秋	具足着て	具足着た

等であるが、それ等はいずれも類似字体による寺田版誤読に由来する。つまり春秋堂版はそれとして独自のものを底本とはせず、寺田系の版本によつたと考えてよい。七部集本は秋の部発句「具足着て」が「具足着た」と、春秋堂版と共通の異文を示しており、この両版の間に一種の連関性を予測させるものあり、刊記の「貞享三丙刁年仲秋下浣」とのみあつて書肆名を削つたところ、又その刊年一行の位置など、是また両版に一致してみれる形態上の特徴でもあつた。七部集本が寺田覆刻版を底本として重刻したものである以上、春秋堂版から七部集本への系譜の線は引かれず、本文誤刻数の比率からみても、むしろ逆の方向がむしろ合理性をもつ。宝暦度成立の春秋堂版が寛政度の合冊七部集本をテキストにするなど、時代錯誤も甚しいといわねばならぬが、それとは逆に、「七部集本から春秋堂版へ」の流れを思わせる上述諸徴候を梃子にして、七部集本の実際の成立年代を異版本『春の日』以前に溯らせ、これによつて合冊七部集本『春の日』に先行する井筒屋単独版単行本の存在を推理しようとする試みは、絶対に非論理的だというわけのものでもなく、もし可能だとすれば、延享目録の同二年から宝暦目録の六年頃の間にそれは求められよう。当時盛行していたらしい西村版にではなく、異版『春の日』は底本を何故その頃新版の井筒屋版によつたか、事情はなお明らかでないにしても、成立年代といつた点では、宝暦初年の刊刻かと思われる行成表紙本・春秋堂版に対しても底本になり得る資格をそれは十分に具えているものといえる。

寺田版系では所収各歌仙の裏、即ち第四丁裏、第七丁裏、第十一丁裏、そして追加表六句第十一丁裏の計四丁分が白紙のままなのは、『冬の日』の割付と共通し、全十六丁。春秋堂版は各丁の行数、字配り等概ね寺田系諸版に類同するが、上述四丁分の白紙は順次に頁を繰りあげ紙面を埋めている故、寺田版より二丁分が減って、全十四丁、見方によればそれだけ節約となつたわけである。原形を損じても経費を軽減するといつたこのいき方が、本版を通じての態度だつたとすれば、春秋堂版疎笨の原因はすべてそうしたところにあつたであろう。安永三年版小本七部集本『春の日』は単行七部集本、或いは春秋堂版によつたらしく、これにみえる本文上の間違いをすべてそのまま再現している。一度冒された誤りは末長く引きつがれて、その影響するところ甚だ少なくはなかつたのである。それにしても、京版に西村、それにもしかしたら井筒屋さえあつたのに、更にいま一本の江戸版をおこさせるほどの需要があつたとすれば、宝暦期における『春の日』そして七部集又は元禄俳諧復興の姿をそこに感得することは筋に外れた考え方か。

古版『春の日』は大きく分けて京版と江戸版の二つ、京版は知り得る限りにおいて寺田版の覆刻であり、江戸版さえも寺田版系一本によつたものと考えられる以上、諸版の源流はすべて貞享三年初刻初印寺田重徳版「茶つミそ」本に帰属する。版を下して後いくばくもなく「茶つミを」と入木改訂、以後の諸版は一様にこれを祖本とした。

『春の日』諸版消長の波と、芭蕉以後俳諧の歴史と、どのようにかかわりあい、そのことが又どのような意味をもつものか、こうした点にことさら顔をそむけるつもりはなかつたのだが、さしあたつての問題が、前稿『冬の日』同様、或いはそれ以上に解らぬことの連続なのに、その上他事にまでかまけるゆとりのなかつたのが実情であつた。難渋だつたことの一つの原因は、他の六つの集がそろつて井筒屋版であるのに、『春の日』だけが寺田版からはじまり、後に諸方に版が分散したというところにもある。そして設論の貧困は一つにかかつて管見の狭さにあるのだが、推理を支える資料の寡少ということで、かえつてこの点、望みを資料新出の将来に懸ければ、見通しは必ずしも絶望することもあるまい。闇推か、でなければただわからぬをならべるばかりで、ことの半分も見当がたたぬうちに舌たらずの筆を執るなど、厳に慎しむべきことの第一なのだが、黙つておれば一向取りあげられそうもないこうした疑問も、かく問いかけておけば、何時かは誰かが何かを教えてくれるだろうことを心待ちにするからに外ならぬ。

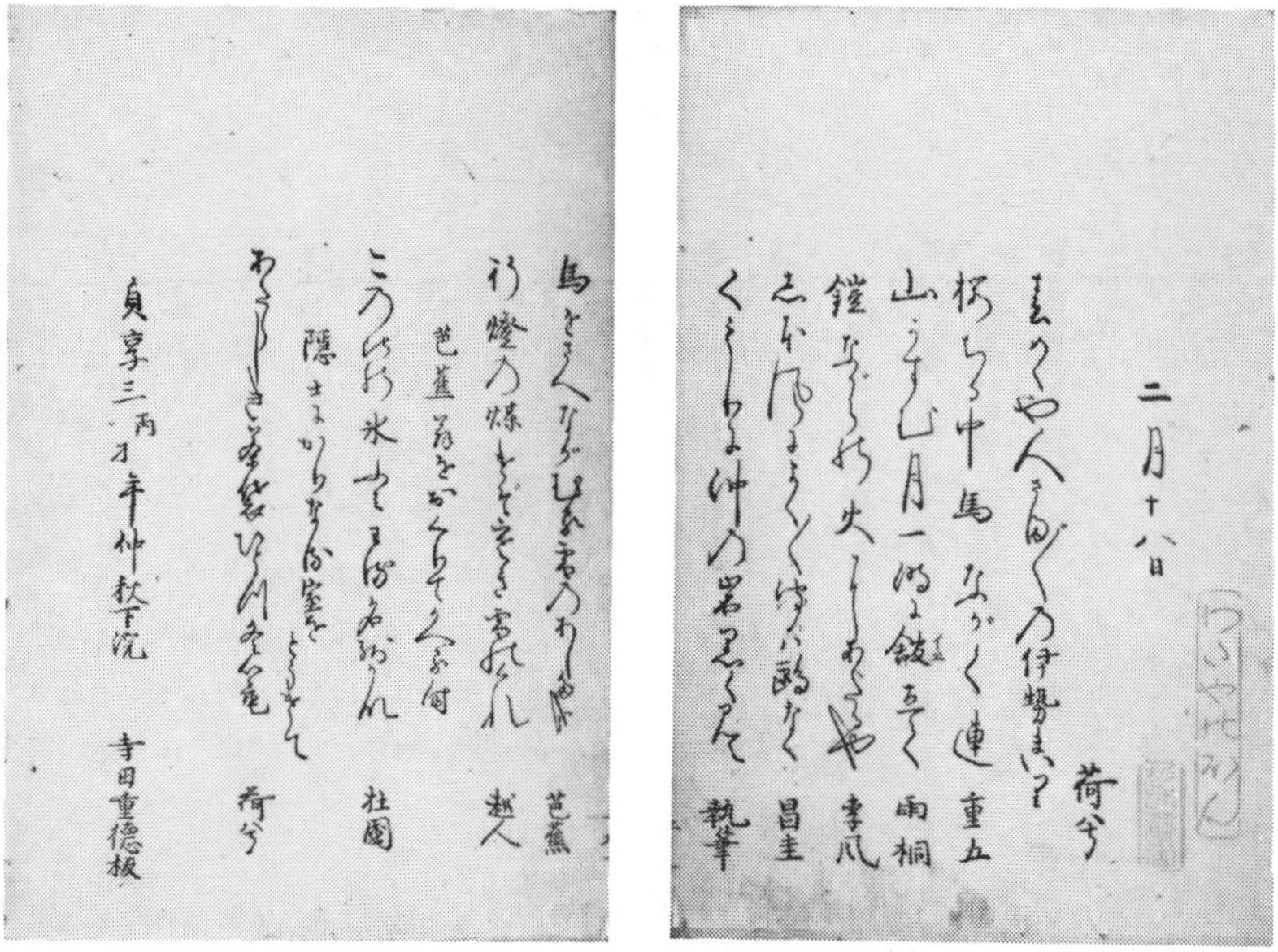

（原刻寺田版―杉浦本）

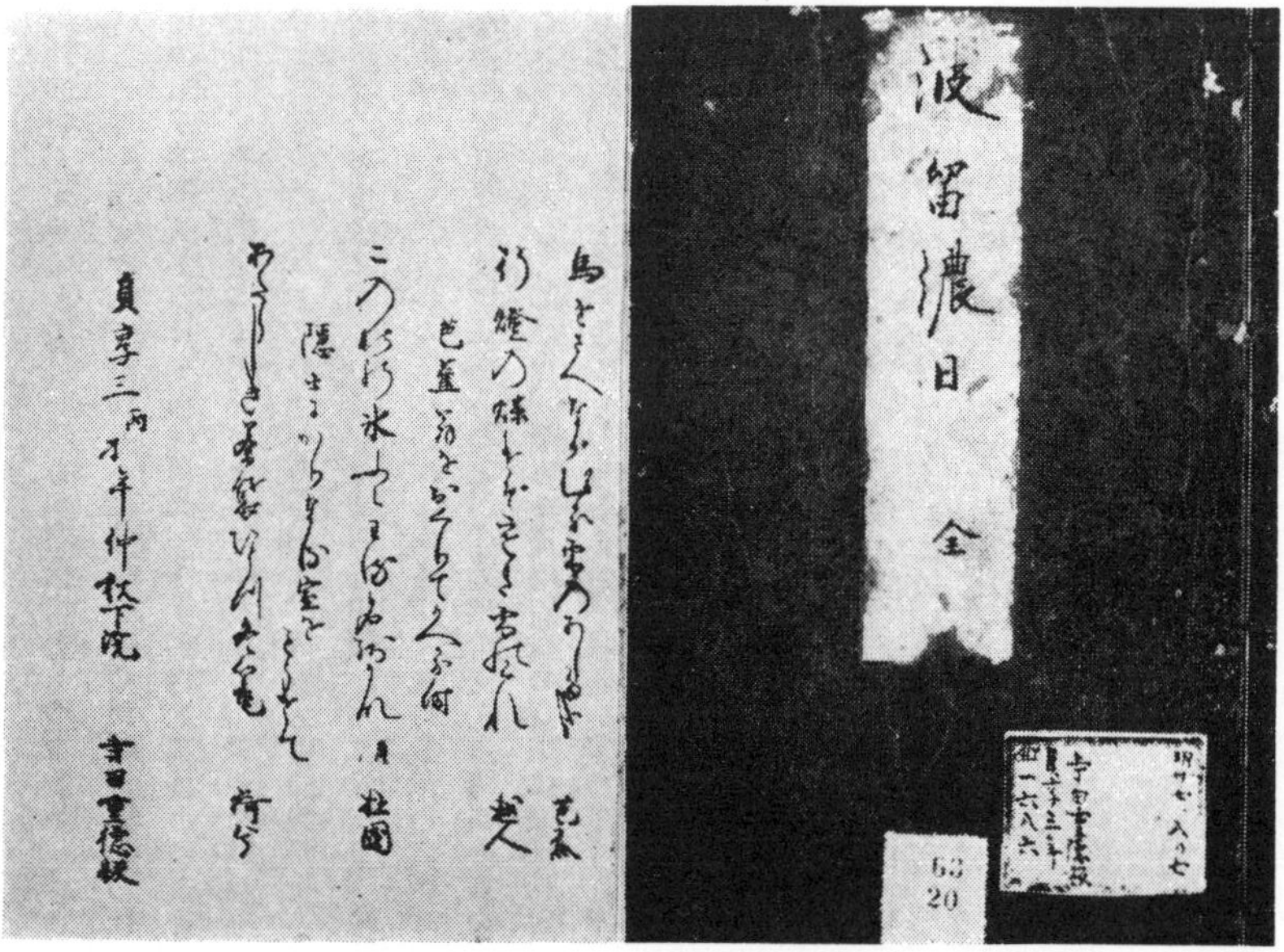

（覆刻寺田版―小山本）

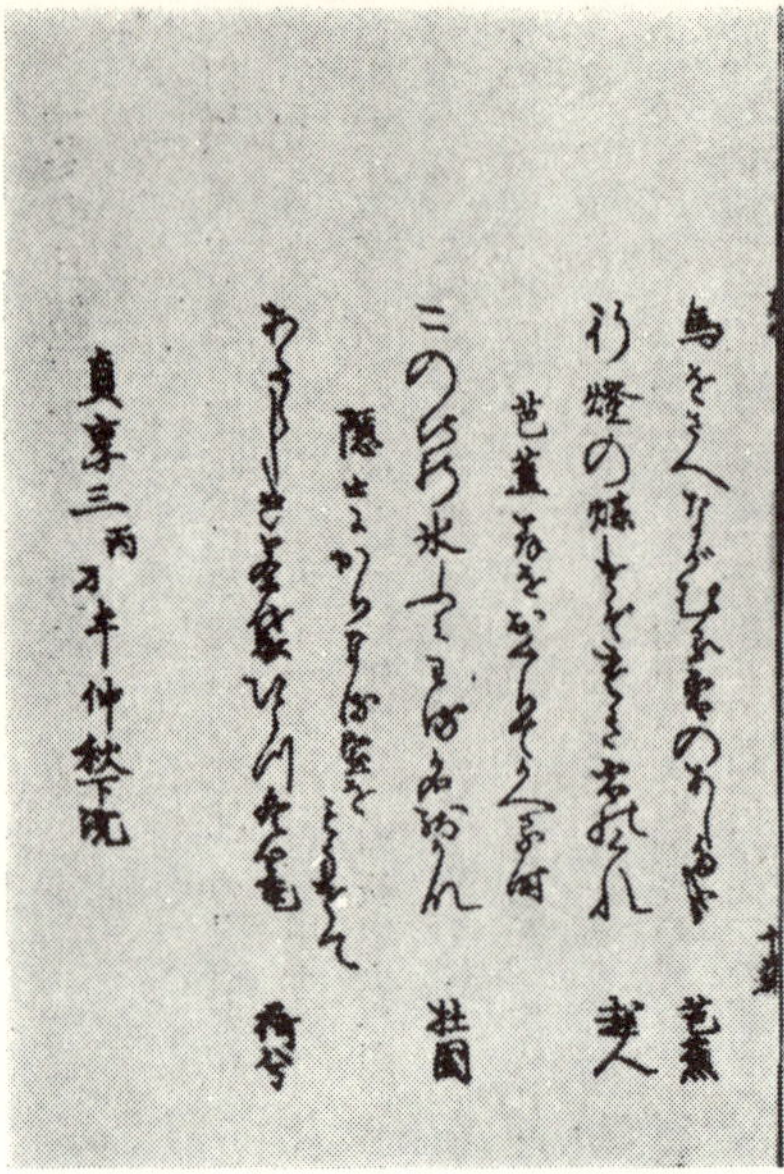

（七部集合纂本）

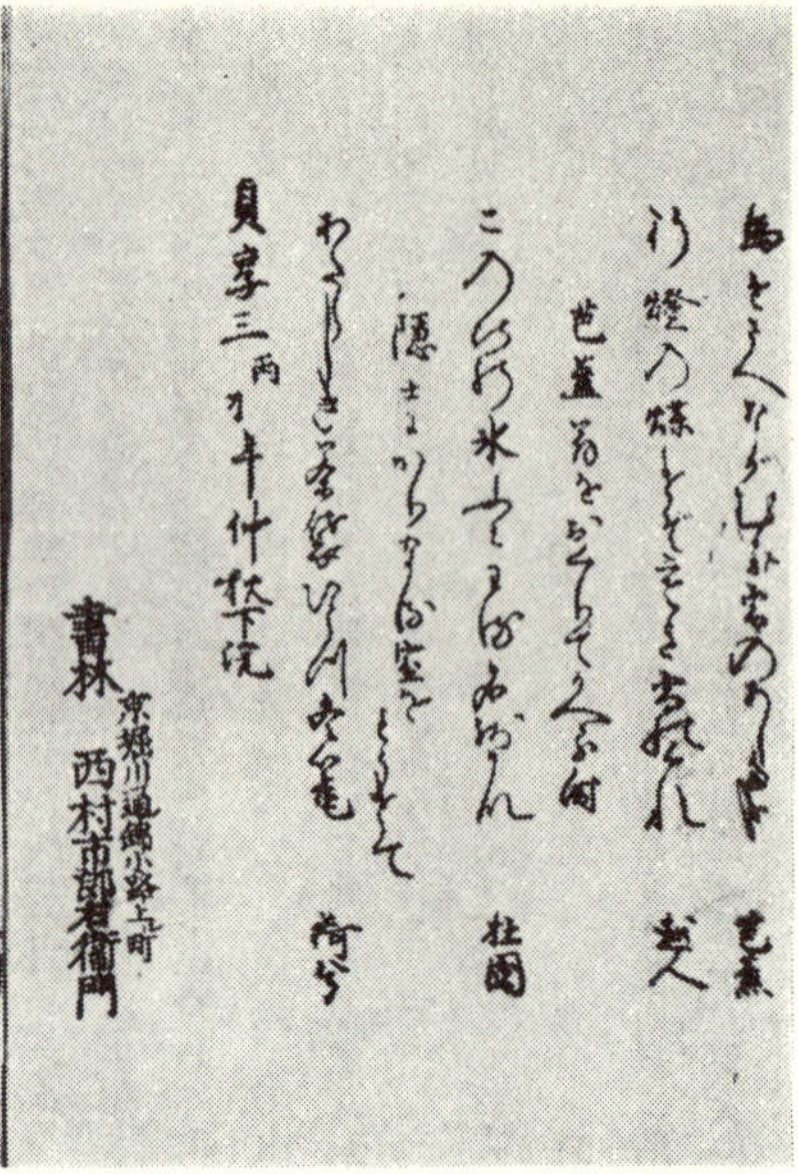

（西　村　版）

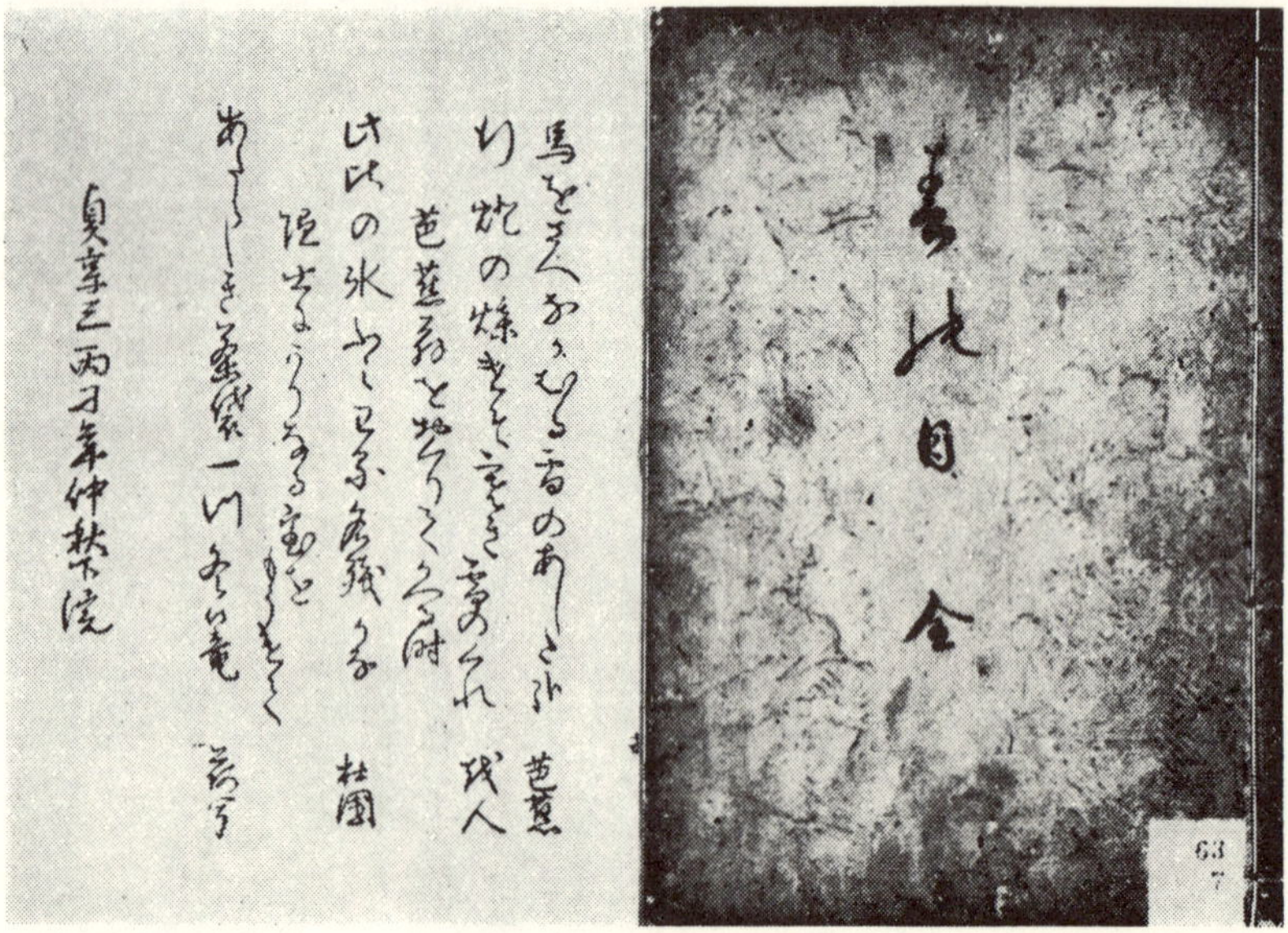

（異版一行成表紙本）

あとがき

天理図書館綿屋文庫での『波留濃日』重徳版は杉浦本と小山本の二つがあり、前のが原刻、後者はその覆刻。表紙の損傷も激しく、題簽もないといった杉浦本にくらべ、小山本はまるで摺りおろしのように保存がよい。だから展観など晴の場にお目見えするのはいつも小山本だった。その面相に迷ったというのが実情で、恥かしいことである。

七部集の諸本をなるべく多く経眼しておきたいと心がけていたころ、岩波文庫「芭蕉七部集」の改訂版が出た前後のことだが、その『波留濃日』に編者の架蔵本をもって施した校訂記事によって、中村さんが原刻本をお持ちと見当をつけ、流石に目利きと感伏、早速拝見を願いでたことであった。

この複製の底本は中村本――このよび方やや平俗の感あり、定家本・実隆本・幽斎本などの口調にあわせ俊定本といってみたものの、この道のこの先達の御名を直か呼びするようで心頗る落ちつかず、ことのいわれをのべてその許しを乞うた次第である。

解題は例によって「ビブリア」四七号（昭和四六・三）を全くそのままに転載した。中村さんをはじめ、天理図書館やわたしの室の同僚その他数えきれぬほど多くの方の御世話になった。さきの『冬の日』についても、あちこちから御架蔵本など御送り下さったりなどして、随分いろいろと御教示をたまわった。先般、某家で何かと古俳書を拝見中、宝暦頃刊小菊紋表紙のものを過眼、この種紋様の表紙は俳書でもその頃まで溯るわけで、そうしたことに関心をもつわたしにとっては大変ありがたい一知見であった。本はできるだけ多くみるのがやはりよいようである。

餘二稿　三

家在寧
楽興福
尼寺前

昭和五十年一月二日

木村三四吾編校